D0915566

# Les Hurluberlus

Illustration de couverture : Frédéric Benaglia

© 2004, E. L. Konigsburg
Ouvrage publié originellement par Atheneum Books for Young Readers,
une marque de Simon and Schuster Children's Publishing Division
Titre original : *The Outcasts of 19 Schuyler Place*

© Bayard Éditions Jeunesse, 2008
18, rue Barbès, 92128 Montrouge Cedex
ISBN : 978-2-7470-1735-0
Dépôt légal : octobre 2008
Première édition

E. L. Konigsburg

# Les Hurluberlus

Traduit de l'anglais (États-Unis) par Sylvie Dorthan

MILLÉ**Z**IME
BAYARD JEUNESSE

**E. L. Konigsburg** est l'auteur d'une quinzaine d'ouvrages pour la jeunesse. Née à New York, elle a obtenu un diplôme de chimie. Après avoir été professeur de sciences pendant quelques années, elle décide de devenir écrivain lorsqu'elle découvre qu'elle est plus intéressée par ce qui traverse l'esprit de ses élèves que par ce qui se passe dans les tubes à essai. Elle a reçu de nombreux prix, dont le Newbery Awards, qu'elle a obtenu deux fois.

Margaret, l'attachante héroïne de ce roman, est le même personnage que l'on retrouve, plus âgée, dans *Plus un mot*.

**Aux éditions Bayard Jeunesse :**
*Plus un mot*, 2006.

*Ce livre est dédié à David et Jean,*
*qui ont partagé sa conception,*
*le laissant tristement orphelin*
*avant la naissance.*

# Les parias
# du 19, Place Schuyler

L'année de mes douze ans :

*Sally Ride est la première femme américaine à aller dans l'espace ;*

*El Niño, un réchauffement des eaux de l'océan au large des côtes du Pérou, modifie le climat mondial et provoque des catastrophes sur presque tous les continents de la planète Terre. À son pic le plus élevé, l'inclinaison de la Terre s'est modifiée et le jour a duré 0,2 milliseconde de plus ;*

*Ronald Reagan, le président des États-Unis, décrète que Martin Luther King Jr. étant né le troisième lundi de janvier, le jour de sa naissance sera désormais férié ;*

*AT&T, la grande compagnie de téléphonie surnommée Ma Bell, se scinde et donne naissance à plusieurs sociétés téléphoniques indépendantes longue distance à bas prix ;*

*La Commission fédérale des communications autorise Motorola à démarrer ses tests de téléphonie cellulaire à Chicago ;*

*Les poupées « petits bouts de chou » s'arrachent tellement vite que les commerçants n'ont même plus le temps de les mettre en rayon.*

Tout ça, c'est du passé, maintenant. Et heureusement, c'est aussi le cas de l'histoire que je vais vous raconter. Elle a commencé quand mon oncle Alex est venu me chercher au camp d'été.

# Bartleby à Talequa

# 1

Oncle Alex était en sueur quand il arriva au camp d'été de Talequa. Il y avait de quoi. Le bus Greyhound[1] l'avait laissé au croisement de l'autoroute et du chemin qui mène au camp, un raidillon gravillonné. On était en juillet, et il n'avait pas plu depuis trois semaines. Mon oncle dut parcourir ces cinq kilomètres poussiéreux vêtu d'une chemise à manches longues boutonnée jusqu'en haut, d'une veste, d'un nœud papillon, d'un Borsalino et chaussé d'Oxford à semelles de cuir ; il était accompagné de son chien Tartuffe. Il avait acheté son chapeau, ses chaussures et son chien en Italie. Son chapeau était havane, ses chaussures marron et son chien blanc avec des taches fauves, mais une fois arrivés au bureau, ils étaient uniformément gris de poussière.

---

1. Les bus Greyhound, créés en 1914, sont devenus un transport mythique de la route américaine.

Juste devant le bureau du camp, mon oncle retira son chapeau et attacha Tartuffe avec sa laisse. Il se tenait là, en bas des trois marches qui conduisaient à la porte, époussetant avec soin son couvre-chef et, autant qu'il pouvait, les pattes de Tartuffe. Avec son mouchoir, il s'essuya le front puis les chaussures. Elles étaient toujours brillantes, il y mettait un point d'honneur. Mon oncle avait un côté très « vieille Europe ».

Son chapeau et la laisse de Tartuffe dans une main, il tapa de l'autre à la porte du bureau.

— Qui est-ce ? demanda Mme Kaplan, la directrice, et mon oncle entra.

Il lui dit qu'il était Alexander Rose et qu'il venait chercher Margaret pour la ramener à la maison. Pendant presque une bonne minute, Mme Kaplan resta sans voix. Elle dit enfin :

— Et qui êtes-vous au juste ?

— Alexander Rose, l'oncle de Margaret. Nous nous sommes parlé au téléphone, hier soir. Vous ne vous souvenez pas ?

En effet, elle l'avait appelé la veille, un peu avant vingt et une heures. Après s'être présentée, elle avait annoncé :

— Nous vous téléphonons, monsieur Rose, parce que Margaret a quelques problèmes d'acclimatation à la vie de notre camp.

— Et qu'avez-vous fait ?

— Nous avons tout essayé, tout ! Mais elle est totalement sans réaction. Dès qu'on lui demande de faire quelque chose, quoi que ce soit, elle répond « je préférerais ne pas ».

— Laissez-moi lui parler.

— C'est impossible, monsieur Rose. Les pensionnaires ne doivent avoir aucun contact avec leur famille pendant une période d'adaptation de quinze jours. Nous ne faisons aucune exception.

— Alors comment puis-je vous aider ?

— Nous voudrions avoir votre avis sur la façon dont nous pourrions l'amener à participer. Nous n'aimons pas forcer nos pensionnaires.

— Je vous suggère de changer vos activités.

— C'est impossible ! Nous ne pouvons pas avoir un programme différent pour chaque enfant ; c'est d'ailleurs la nature particulière des activités que nous proposons qui fait de Talequa un camp différent des autres. C'est à Margaret de s'y plier.

— Laissez-moi y réfléchir, et je vous rappellerai.

Mon oncle y avait réfléchi et en avait conclu que la seule solution était de se rendre directement au camp et de me ramener avec lui.

Rester avec mes oncles — Alex, un vieux célibataire, et son frère Morris, un veuf — avait été l'une de mes deux réponses à la question « Que faire de Margaret ? » pendant que mes parents seraient au Pérou. Ils habitaient une vieille maison sur la place Schuyler. Je les aimais comme j'aimais leur maison, leur jardin.

## Eux

J'adorais leur style « vieille Europe ». Cette façon de porter un Borsalino italien au lieu d'une casquette de base-ball. Ni l'un ni l'autre n'avait de casquette de base-ball. Ni de blue-jeans ou de baskets. Ou encore de chemise de sport. De toute façon, ils ne regardaient pas le sport à la télévision et n'avaient jamais assisté à un match de foot même quand l'équipe locale jouait. Avec l'anglais, ils parlaient quatre langues. Ils buvaient du vin tous les soirs à table et dînaient si tard qu'ils terminaient parfois leur repas à minuit. Ils servaient le café avec de la vraie crème et utilisaient une pince à sucre. De leur vie, ils n'avaient jamais mangé debout ni dans un McDo. Même l'été lorsqu'ils dînaient dans le jardin, ils recouvraient leur table d'une nappe de lin blanc, servaient le vin dans des verres en cristal et les plats dans de la porcelaine. Et ils ne se pressaient jamais. Lorsqu'il était très tard, ils laissaient la vaisselle dans l'évier et allaient se coucher.

## Leur maison

J'adorais le 19, place Schuyler. C'était à deux pas de la Grand-Place, de l'arrêt du bus, de la grande bibliothèque, du centre-ville et de sa zone piétonne. J'adorais y dormir. Deux ans plus tôt – je n'avais que dix ans – ils m'avaient emmenée au centre commercial de Fivemile Creek pour que je choisisse les meubles de la chambre qu'ils me réservaient chez eux. J'avais opté pour du vrai rustique français, blanc avec des dorures, en ne prenant qu'un des deux lits jumeaux (la pièce était petite). À la livraison, oncle Morris s'était exclamé « Très distingué », et oncle Alex avait renchéri « Tout à fait élégant ». J'étais tellement persuadée qu'ils approuvaient tout ce que je faisais que je les avais crus.

## Leur jardin

Leur jardin ne ressemblait à aucun de ceux du quartier ni à aucun autre jardin au monde. Comme pour ceux du voisinage, on y pénétrait par une longue cour étroite qui allait de la porte de service, située derrière la maison, jusqu'à la rue. La ressemblance s'arrêtait là.

Mes oncles avaient divisé le jardin de derrière en deux parties inégales. Puis ils avaient subdivisé la plus petite en deux, en diagonale. Dans l'une, la plus proche de la maison, oncle Morris cultivait des poivrons qui avaient des formes de cloches ou de cornes d'abondance, aux goûts allant du très doux au très piquant. Ils étaient rouges, jaunes, violets, et de tous les verts possibles.

La seconde partie était plantée de roses. Entièrement de roses. Certaines grimpaient le long de la clôture séparant leur jardin de celui des voisins du numéro 17. D'autres poussaient dans leur carré de terre bien sarclée. Certaines étaient aussi petites et douces que des bourgeons, quand d'autres pouvaient atteindre quinze centimètres. Il en existait de nombreuses variétés, de toutes les tailles, mais les fleurs formaient une symphonie parfaite, car elles étaient toutes de couleur rose – de la nuance la plus délicate à la plus intense, du rose poudré au rose fluo.

Dans la partie restante, la plus grande, s'élevaient les tours. Trois tours en acier dressées le long de la clôture qui séparait le jardin de mes oncles de celui des voisins au numéro 21. Elles s'élançaient au-dessus du toit de leur maison et de toutes celles d'à côté. La Tour Deux, ainsi nommée parce qu'elle avait été construite en second, était la plus grande et la plus proche de la maison. La Tour Trois, elle, se trouvait en plein milieu de la diagonale.

Cela faisait quarante-cinq ans que mes oncles les construisaient.

Malgré leur hauteur, puisqu'elles dépassaient allègrement toutes les maisons à deux étages du quartier, et bien qu'elles soient en métal, elles n'assombrissaient pas l'espace autour d'elles. Elles étaient constituées d'un réseau de poutrelles et de traverses qui captaient bien la lumière. Comme une toile d'araignée, elles étaient à la fois robustes et délicates. À l'extrémité de chaque traverse pendaient des milliers d'éclats de verre, de tessons de porcelaine et de mécanismes de vieilles pendules. Certaines pendeloques étaient accrochées à même les poutrelles horizontales, alors que d'autres flottaient au bout de longs fils de cuivre. Par endroits, deux gouttes de verre superposées, parfois trois, étaient suspendues sur un seul fil. Quelques pendentifs étaient regroupés par trois ou quatre, à intervalles réguliers. D'autres encore, reliés comme des doubles croches sur une portée musicale et lestés par un grand poids de porcelaine, composaient une vraie pause de ronde[2]. Sur une poutrelle différente, ou parfois plus loin sur la même, se succédaient de mini-grappes de deux, trois ou quatre gouttes de verre ondulant en un arc-en-ciel de couleurs.

Comme la musique tzigane (mes oncles étaient hongrois), les pendentifs tintinnabulaient sur un rythme connu d'eux seuls.

---

2. Notation musicale.

Les tours étaient peintes. Pas d'une manière classique, mais stupéfiante. Époustouflante. Il y avait tout un festival de mauves et de violets, d'ocres et de roses, de roses flashy et d'oranges acidulés ; toutes ces couleurs se mélangeaient à l'infini comme un motif de camouflage. Au beau milieu d'une traverse, le bleu lavande se mêlait au vert citron, ou encore un bleu céruléen grimpait jusqu'à mi-hauteur d'un axe vertical pour se fondre dans un bleu outremer.

Quatre cadrans de pendule, tous différents, étaient fixés au sommet de la plus haute tour. En haut des deux autres, il n'y avait qu'un seul cadran monté sur pivot qui tournait avec le vent. Aucun d'eux n'avait d'aiguilles.

J'aimais être sous une tour – n'importe laquelle, cela dépendait de l'heure – lever la tête, de plus en plus, jusqu'à ce que ma nuque repose sur mes épaules. J'attendais qu'un rayon de lumière s'accroche aux pendentifs qui se mettaient alors à diffuser un spectre infini de couleurs. Alors, je tournais, tournais sur moi-même, comme si j'étais le tube d'un kaléidoscope. Et quand je m'arrêtais, je regardais par terre la dentelle dessinée par ces ombres virevoltantes.

Comme j'adorais être au 19, place Schuyler et croyant que mes oncles appréciaient de m'avoir chez eux, j'avais espéré y passer les quatre semaines d'été durant l'absence de mes parents. Mais mes oncles ne me l'avaient pas proposé.

Ma première idée, quant à la question « Que faire de Margaret ? », avait été de partir avec mes parents au Pérou. Ils m'avaient toujours emmenée. J'avais pensé qu'ils me prendraient avec eux car, en tant que fille unique, j'étais habituée aux adultes, et excellente compagne de voyage. Je ne réclamais pas d'arrêt-pipi intempestif – ma mère emportait toujours des pots de cottage cheese vides au cas où – ni de nourriture particulière, et même si le trajet était long, je ne demandais jamais : « Quand est-ce qu'on arrive ? »

Aucun de mes deux premiers souhaits n'ayant été exaucé, il ne me restait que le camp d'été. C'est le cœur brisé, et un peu vexée aussi, que j'avais décidé qu'il m'appartenait à moi, et à moi seule, de le choisir. D'ailleurs, il serait tellement merveilleux et j'y passerais un séjour tellement extraordinaire que mes parents et mes oncles regretteraient de ne pas être venus, eux aussi.

J'avais passé un bon bout de temps à chercher. J'avais lu trente-six catalogues et visionné dix-neuf vidéos d'affilée, avant de choisir Talequa.

Une fois remise du choc de la visite imprévue de mon oncle, Mme Kaplan lui demanda :

— Pourquoi ne nous avez-vous pas prévenus de votre visite, monsieur Rose ?

— Parce que, si je l'avais fait, vous m'auriez dit de ne pas venir.

C'était vrai, mais elle n'avait pas à l'admettre ou à le nier.

— Comment êtes-vous arrivé jusqu'ici ?

— À pied.

Personne ne se rendait à pied à Talequa. Les visiteurs venaient en voiture ou en minibus et exclusivement sur invitation. Mme Kaplan avait entendu dire qu'une fois, bien avant qu'elle ne dirige le camp, un couple de personnes âgées était arrivé en taxi, mais comme il ne restait aucun témoin, elle avait pensé que c'était une légende. Et même si c'était vrai, nul n'avait jamais *marché* jusqu'ici. Aucun règlement ne l'interdisait — qui aurait pu imaginer que ce soit nécessaire ? Il n'en existait pas non plus sur *comment* se rendre à Talequa, en revanche, le manuel d'instructions était très clair sur *quand* y venir.

Il y avait notamment une règle très stricte — pas de visite d'amis ou de personnes de la famille pendant les deux premières semaines du séjour — ce qui faisait de M. Rose un intrus. Il y en avait d'autres — concernant ce que l'on pouvait apporter au camp. Bien sûr, l'alcool et les drogues étaient formellement interdits (expulsion immédiate et sans appel), mais les chiens l'étaient aussi.

Il n'existait pas de véritable sanction à ce sujet, néanmoins, ils n'étaient pas admis au camp. En aucun cas, qu'ils soient propres, dressés pour apporter le journal ou tirer un traîneau, il n'y aurait jamais ni Lassie chien fidèle, ni Pluto, ni Scoubidou. Jamais. Pas même accompagnant un visiteur.

Et cet homme en avait amené un.

Rassemblant ses idées, Mme Kaplan lui adressa son sourire le plus enjôleur :

— Nous souhaitons vivement parler avec vous du problème que pose Margaret, mais nous ne pouvons pas accepter de chien dans nos locaux, monsieur Rose.

Alexander Rose savait qu'un sourire aussi flatteur ne pouvait appartenir qu'à une personne à l'hypocrisie très maîtrisée. Il sentait aussi que ce n'était pas vraiment la présence de Tartuffe que Mme Kaplan désapprouvait, mais plutôt son entorse — enfin ses deux entorses — au règlement. Il aurait pu lui dire que Tartuffe était un chien de travail autorisé à aller où aucun chien n'allait ; il aurait pu lui demander si elle pensait sincèrement qu'un chien ordinaire aurait été accepté à bord d'un Greyhound.

Par prudence, il n'en fit rien.

— Tartuffe est là. Je ne suis pas magicien, je ne peux pas le faire disparaître.

Comme son sourire s'évanouissait, Mme Kaplan ajouta :

— Nous insistons donc pour qu'il vous attende dehors.

Il y avait longtemps que mon oncle avait appris qu'une personne qui dit *nous* au lieu de *je* ne peut pas supporter que l'on fasse semblant de lui obéir. Alors, sans hésitation, il emmena Tartuffe juste derrière la porte du bureau en la laissant entrouverte, pour que Mme Kaplan puisse bien l'entendre dire à son chien de s'asseoir. Puis il lui retira sa laisse et revint dans la pièce.

Mme Kaplan lui tournait le dos et prenait un dossier dans un meuble derrière elle. Mon oncle resta debout en face du bureau, tenant ostensiblement la laisse vide à la main. Quand elle se retourna et s'en aperçut, elle prit conscience que non seulement il y avait un chien dans ses locaux, mais qu'en plus il n'était pas attaché. Son sourire s'effaça et sa bouche prit la forme d'un O gothique. Elle commença à dire quelque chose, du moins elle essaya, puis se tut. Elle se rassit, ouvrit le dossier et se mit à l'étudier. Le dossier ne concernait que moi, Margaret Rose. Il était déjà bien rempli, compte tenu que je n'en étais qu'à mon neuvième jour de camp...

Mon oncle, toujours debout, attendait que Mme Kaplan relève les yeux.

— Puis-je m'asseoir ?

— Je vous en prie, fit-elle en lui indiquant d'un geste de la main la chaise de droite, en face d'elle.

Mon oncle s'assit, se releva aussitôt pour déplacer la chaise de dix centimètres, se rassit, se releva et la déplaça de nouveau en sens inverse, puis recommença pour la troisième fois.

— Avez-vous un problème, monsieur Rose ?

— Le soleil ! Je l'ai juste dans les yeux, et vous n'êtes qu'une ombre obscure.

Il pesait chacun de ses mots.

Prenant sur elle, Mme Kaplan proposa :

— Et si vous preniez l'autre chaise ?

— Bonne idée !

Il modifia également la position de celle-ci avant de s'y installer. Avec un embarras aussi recherché que délibéré, il se cala au fond de son siège. Il promena longuement son regard sur la femme assise en face de lui, et attendit qu'il ne lui reste plus qu'un soupçon de patience. Puis il posa les mains sur ses genoux :

— Maintenant, nous pouvons parler.

À plus d'un égard, Alexander Rose ressemblait à une poupée russe. Il était petit et râblé, fait de plusieurs couches très bien organisées derrière son apparence aimable, et tout au fond de lui se trouvait son moi le plus secret, un noyau dur et indivisible.

Cherchant inconsciemment à installer le plus de distance possible entre eux, Mme Kaplan se recula dans sa chaise et lui adressa toute la morgue de son sourire hautain.

— Nous constatons que vous n'êtes pas le père de l'enfant, monsieur Rose.

— C'est exact, je suis son vieil-oncle.

— Vous voulez dire grand-oncle[3] ?

— Vieux ou grand, cela signifie la même chose : je suis le frère de sa grand-mère.

Mme Kaplan n'était pas sûre que vieil-oncle et grand-oncle soient interchangeables, mais elle décida de laisser tomber. Elle vérifierait cela plus tard.

— À l'heure actuelle, puisque les parents de Margaret sont à l'étranger et ne peuvent s'occuper de leur fille, je suis *in loco parentis*[4], c'est-à-dire dans la position d'un père.

— Nous savons parfaitement ce que signifie *in loco parentis*, monsieur Rose, rétorqua-t-elle en le regrettant aussitôt.

Cet entretien ne se déroulait pas bien. Il valait mieux aller droit au but.

— Oui, c'est en tant que tuteur de Margaret que je vous ai téléphoné hier soir. Comme je vous l'ai indiqué, Margaret refuse de participer à toute activité en prétextant « qu'elle préférerait ne pas ».

Tapotant sur le dossier, elle dit :

---

3. En anglais « grand-oncle » se dit indifféremment *grand uncle* ou *great uncle*.

4. Terme juridique désignant quelqu'un qui n'est pas le parent biologique d'un enfant mais qui peut agir comme tel.

— Nous avons ici un rapport de Gloria, l'animatrice de Margaret.

Elle baissa la tête, mit ses lunettes, et commença à lire à haute voix :

— « Margaret n'a pas pris les paroles des chansons que j'ai distribuées. Je pensais qu'elle les savait déjà comme beaucoup d'autres pensionnaires. Mais mardi, à la soirée karaoké, elle n'a pas chanté. Et quand je lui ai demandé pourquoi, elle m'a répondu qu'elle ne connaissait pas les paroles. »

Mme Kaplan haussa le ton tandis qu'elle relisait les mots *qu'elle ne connaissait pas les paroles*. Elle regarda mon oncle par-dessus ses lunettes et attendit qu'il lui indique par un signe de tête qu'il avait bien capté la raison de son insistance. Elle poursuivit :

— « Mercredi, Margaret ne s'est pas présentée au cours d'origami. Quand je suis allée la chercher dans sa chambre, elle a refusé d'y assister. Lorsque je lui ai demandé pourquoi, elle m'a répondu qu'elle préférait ne pas. Margaret n'a pas souhaité créer un motif pour le peindre sur un T-shirt. Elle a dit qu'elle préférait ne pas. Puis, dans l'après-midi, alors que nous allions peindre les T-shirts, elle a dit qu'elle n'avait pas de modèle. Je lui ai suggéré d'en dessiner un à main levée — abstrait par exemple — ; elle m'a répondu "je préférerais ne pas". »

Mon oncle posa ses mains sur son ventre arrondi et pencha un peu la tête à gauche, son mode d'écoute suprême. Il attendit.

Mme Kaplan enleva ses lunettes et les posa sur le dossier ouvert :

— Ce qui nous amène aux événements d'hier. Les filles devaient aller faire de la barque sur le lac. Elles étaient déjà dans le bus, sauf Margaret que tout le monde attendait. Comme elle n'arrivait pas, Gloria est allée la chercher. Elle l'a trouvée encore allongée sur sa couchette. Les autres ont dû partir sans elle. Un peu plus tard, nous avons décidé de lui parler en tête à tête.

Mme Kaplan attendit une réponse de mon oncle. Qui ne vint pas. Elle s'éclaircit la gorge et poursuivit :

— Notre visite d'hier a provoqué une remarque si surprenante de votre nièce, monsieur Rose, que nous avons dû vous téléphoner le soir même.

Elle attendait toujours une réaction de mon oncle, espérant qu'il demanderait quelle horrible chose j'avais pu dire, mais il n'en fit rien. En réalité, il ne voulait surtout pas tomber d'accord avec elle. Quand elle le comprit, elle continua :

— Votre nièce est de plus en plus inaccessible.

Elle remit ses lunettes, retira deux pages du dossier et les tendit à mon oncle.

— Vous verrez que Louise Starr, notre infirmière, est d'accord. Voici ses conclusions.

Elle lui tendit les feuilles. Le premier rapport indiquait que moi, Margaret Rose Kane, je n'étais ni anorexique, ni boulimique, ni atteinte de dépression préadolescente. *En conclusion, je la trouve simplement non coopérative.* Le second rapport écartait les mêmes choses — boulimie, anorexie et dépression — et me faisait passer de *non coopérative* à *incorrigible*.

Oncle Alex ne lisait pas vite, et il prit le temps de parcourir deux fois les rapports avant de les reposer sur le bureau. Il les repoussa doucement vers Mme Kaplan sans un mot. Celle-ci ferma le dossier, enleva ses lunettes, et garda les mains posées sur la couverture.

— Qu'avez-vous à dire sur ces rapports, monsieur Rose ?

— L'infirmière Starr a une très belle écriture.

— Est-ce tout ?

— Oui, c'est tout ce que j'ai à dire, mais pas tout ce que je *pourrais* dire.

— Vous pouvez exprimer ce que vous avez sur le cœur en toute confiance.

— Bien, madame Kaplan, je peux vous confier que je comprends. Vous voyez, moi aussi il m'est arrivé de vivre sous une monarchie, et comme je préférais ne pas, j'ai émigré.

— Nous pourrions difficilement qualifier notre communauté du camp de Talequa de monarchie, monsieur Rose.

— C'est parce que vous en êtes la reine, madame Kaplan.

— Votre remarque nous contrarie beaucoup, monsieur Rose.

— J'en suis bien sûr, mais malgré tout le respect que je vous dois, votre camp ressemble terriblement à ceux de mon ancienne patrie. Vous exigez une obéissance absolue. C'est ce qu'on y exigeait. Vous réclamez la docilité. Là-bas aussi.

En montrant le dossier, il poursuivit :

— Vous avez vos espions. Ils avaient les leurs. Et vous avez...

— Nous avons des pensionnaires heureuses, monsieur Rose.

— Et c'est très bien ainsi, madame Kaplan. C'est justement pour cela que je veux en retirer une qui ne l'est pas.

Il se leva.

— Maintenant, si vous permettez, dites-moi s'il vous plaît où je puis trouver Margaret Rose, je vais la chercher, puis nous partirons.

— Mais nous avons des procédures, monsieur Rose, protesta Mme Kaplan.

— Entamez les procédures.

— Il y a des formulaires à signer.

— Apportez-les-moi. Je les signerai.

Mme Kaplan résistait. Mon oncle insistait. Finalement, elle appela la maison principale et demanda à Gloria de venir au bureau. En attendant, mon oncle demanda un remboursement à Mme Kaplan.

— Un remboursement, monsieur Rose ?

— Mais oui, puisque les honoraires ont été payés d'avance, je souhaiterais que vous déduisiez les huit jours et demi que Margaret Rose a passés ici plus quelque chose pour vos frais administratifs.

— Enfin, vous vous doutez bien que c'est une perte sèche pour nous, monsieur Rose !

— Vous avez *certainement* une liste d'attente. Tous les établissements en ont une.

— Bien sûr, nous avons une liste d'attente. *Certainement*, nous avons une liste d'attente. Nous avons même une longue liste d'attente, aussi longue que celle de n'importe quel camp des Adirondacks. Mais à cette date tardive, nous n'avons aucun moyen de vendre le reste du séjour de Margaret. Nos services sont calculés sur la base du nombre de pensionnaires que nous avons prévu, et ce nombre inclut Margaret Kane.

Elle sortit une feuille d'un dossier et la tendit à oncle Alex.

— Relisez votre contrat, monsieur Rose : « Pas de remboursement après le 21 juin. » Il n'y aura donc pas de remboursement.

— Alors, j'apprécierais que vous nous offriez un déjeuner et que vous assuriez notre retour à Epiphany.

— Nous pouvons vous proposer un déjeuner, monsieur Rose. Mais pas question de vous raccompagner à Epiphany. Nous ne pouvons tout de même pas mobiliser un bus et un chauffeur pour transporter deux personnes jusque là-bas.

— Pas un bus, madame Kaplan, une camionnette suffira.

— Nous n'avons pas de camionnette, monsieur Rose.

— Avons-nous une voiture, madame Kaplan ?

Elle grinça des dents.

— Oui, nous avons une voiture, monsieur Rose.

— Cela conviendra parfaitement.

Mme Kaplan lui tendit une feuille de papier et un stylo.

— Nous sommes une entreprise, un retour à Epiphany est tout ce que nous pouvons prendre en charge. Le temps c'est de l'argent, monsieur Rose.

— Non, madame Kaplan. Le temps perdu est souvent du temps bien utilisé. L'argent perdu est souvent mieux redistribué.

Mon oncle signa les documents de son écriture fleurie, puis il prit un sac en plastique dans la poche de sa veste, dont il sortit un chiffon :

— Si Margaret arrivait pendant mon absence, dites-lui que j'enterre le chiffon. Elle comprendra de quoi il est question.

— Et de quoi s'agit-il au juste ?

Mon oncle lui expliqua qu'il entraînait Tartuffe à devenir un chien truffier.

— Tartuffe signifie truffe en italien. Le chiffon est trempé dans l'huile de truffe. Je vais l'enterrer dans vos bois et laisser mon chien le trouver.

— Nous n'acceptons pas les animaux dans nos bureaux, et nous n'avons pas de chocolat au camp. Encore moins du chocolat enterré.

— Les truffes dont je parle sont des champignons souterrains, une nourriture naturelle.

— Quoi qu'il en soit, il y a une chose dont je suis certaine : il n'y aura pas de chien perdu dans nos bois ! Je répète, pas de chiens dans nos bois !

— Eh bien, quoi qu'il en soit..., dit mon oncle en souriant, et il remit le chiffon parfumé dans son sac.

C'est alors que Gloria arriva dans le bureau. Mme Kaplan lui demanda d'aider Margaret Kane à rassembler ses affaires et de la faire venir. Elle ne lui présenta pas mon oncle, mais comme Gloria s'en allait pour exécuter les ordres, il le fit lui-même.

— Puis-je vous demander quel type de sandwich vous avez eu au déjeuner aujourd'hui ? ajouta-t-il.

— Thon et jambon cru.

Avec une joie enfantine, il s'exclama :

— C'est ce que j'espérais. J'étais certain que vous aviez eu des sandwiches, j'avais même deviné leur parfum : thon et jambon cru ! Nous prendrons deux thons chacun. Ce qui fait quatre en tout. Avec quelques feuilles de salade. Nous préférons le pain complet. Grillé.

Se tournant vers Mme Kaplan, il précisa :

— Le pain grillé n'est pas pâteux.

Il ajouta à l'intention de Gloria :

— Vous avez certainement aussi eu quelques miettes de chocolat — il jeta un coup d'œil malicieux à Mme Kaplan — enfin, des gâteaux au chocolat en guise de dessert ? Il doit bien vous en rester deux.

Gloria regarda Mme Kaplan pour obtenir son accord avant d'opiner du chef.

— Et du lait ?

Gloria acquiesça de nouveau.

— Nous en prendrons deux petites bouteilles, s'il vous plaît.

Mme Kaplan décrocha le téléphone.

— Nous passons tout de suite votre commande à la cuisine, pour gagner du temps.

Mon oncle attendit le départ de Gloria, puis, tenant dans une main le sac en plastique et dans l'autre la laisse du chien, il observa à la ronde les quatre murs en faux bois.

— Oui, dit-il à moitié pour lui-même, thon et jambon cru.

Il haussa légèrement les épaules et sourit à Mme Kaplan. Elle comprit alors qu'il avait obtenu tout ce pour quoi il était venu : les sandwiches, le retour, et par-dessus tout, *moi*.

# 2

C'est Jake, l'homme à tout faire du camp, qui fut chargé de nous ramener à Epiphany. Je le reconnus aussitôt, car il était venu trois fois au bungalow des Étourneaux. La première, pour changer le matelas d'une couchette, le mien. La deuxième, pour déboucher la canalisation d'une douche, et la dernière pour nettoyer du vomi dans le bungalow. Il était toujours arrivé d'un pas traînant, avait fait ce qu'il avait à faire puis était reparti sans un mot. Selon moi, il était limite autiste ; il pouvait soit avoir le syndrome d'Asperger[1], soit être attardé mental, et présenter un possible syndrome de l'X fragile[2]. Ces deux troubles mentaux étant connus

---

1. Trouble du développement situé dans la partie haute du spectre autistique. Il affecte la vie sociale de la personne, ses perceptions sensorielles, mais aussi sa motricité.
2. Cause la plus fréquente du retard mental héréditaire.

pour toucher les hommes plus souvent que les femmes. À cause de son problème psychique, quel qu'il soit, je n'étais pas sûre qu'il se souvienne de moi. Je n'étais même pas certaine qu'il puisse conduire une voiture. Oncle Alex n'avait pas l'air inquiet. Bien sûr, son manque de compétences en tant que chauffeur était légendaire.

Nous passions par les Adirondacks[3], qui selon la brochure constituaient « *le cadre magnifique du Camp de Talequa, où les campeurs ont à leur disposition, en plus des richesses authentiques de Mère Nature, le confort qu'offrent ses équipements, la cordialité chaleureuse des camarades campeurs et les conseils amicaux d'animateurs expérimentés* ».

## Les richesses authentiques de Mère Nature

Le premier soir, après le départ des parents, entre autres richesses naturelles, nous avons été aspergées de bombe insecticide, puis invitées à venir écouter le discours de bienvenue de Mme Kaplan.

---

3. Situés dans le prolongement des montagnes Appalaches, les monts Adirondacks, dans l'État de New York, forment un massif cristallin qui traverse plusieurs comtés.

## Le confort de ses équipements

Le camp se composait de huit bungalows, chacun pouvant accueillir huit filles. Chaque bungalow portait un nom d'oiseau dont la photo décorait la porte. Il y avait : Colibri (pour les plus jeunes de huit ans), Rossignol, Caille, Passereau, Loriot, Pinson, Geai, et Étourneau. Je devais aller dans ce dernier. Nous avions douze ans.

Étant enfant unique, j'avais toujours eu ma propre chambre et j'étais curieuse à l'idée de partager l'espace nocturne avec sept autres filles.

Ce premier soir, notre animatrice Gloria Goldsmith, que nous devions appeler Gloria, mit huit morceaux de papier numérotés de un à huit dans une coupe et nous demanda d'en prendre un chacune. Les numéros donneraient l'ordre dans lequel nous choisirions nos lits. Tous les bungalows étaient semblables : deux lits superposés le long des deux grands murs, et deux de chaque côté de la fenêtre. La salle de bains — deux douches, deux toilettes et quatre lavabos — se trouvait contre le petit mur du fond, à l'opposé de la porte. Le « meilleur » lit était celui du haut, près de la fenêtre, le plus loin de la porte. Le pire, celui du bas, à côté de la porte. Mais la différence était minime.

Des huit Étourneaux, j'étais la seule à n'être jamais allée dans un camp de vacances, et Berkeley Sims était la seule autre à n'être jamais venue à Talequa, bien qu'elle ait déjà séjourné dans un camp ou un autre tous les étés depuis ses neuf ans. Les six autres se connaissaient toutes. C'était leur troisième année de camp, et leur troisième année à Talequa. Elles connaissaient les chansons, les horaires, les animatrices, tout. On les appelait les anciennes. Il y en avait d'autres disséminées çà et là, mais celles des Étourneaux avaient posé comme condition d'être ensemble pour leur séjour à Talequa.

L'ancienne Ashley Schwartz avait tiré le numéro un et choisi la couchette du haut, loin de la porte. J'avais tiré le numéro deux, je choisis l'autre couchette supérieure loin de la porte. Le troisième lit du haut revint à l'ancienne Blair Patayani, et Berkeley Sims, l'autre nouvelle, qui avait tiré le numéro quatre, prit le dernier.

Gloria nous attribua le casier le plus proche de notre lit, nous précisa qu'on ne prenait plus de douche après vingt-deux heures et qu'on éteignait les lumières à vingt-deux heures trente. Nous devions faire nos lits tous les matins avant de quitter le bungalow.

— Avez-vous des questions ?

Comme il n'y en avait pas, elle partit faire de la paperasse.

À peine avait-elle passé la porte que l'ancienne Ashley Schwartz nous demandait, à Berkeley Sims et moi, d'échanger nos places avec Heather Featherstone et Alicia Silver. Alicia avait la couchette du bas, près de la porte, et Heather, celle en dessous de la mienne. Berkeley accepta et commença aussitôt à descendre de sa couchette.

— Heather va t'aider à transporter tes affaires, me dit Ashley.

Je lui répondis que ce ne serait pas nécessaire.

Surprise, Ashley me demanda pourquoi.

— Parce que je ne change pas de lit.

Alors, Heather me demanda à son tour pourquoi.

Je lui répondis que je préférais ne pas.

## La cordialité chaleureuse des camarades campeurs

Le lendemain matin, je partis prendre mon petit déjeuner avec les sept autres Étourneaux. Berkeley Sims et moi étions assises l'une à côté de l'autre à un bout de la table et les anciennes, dont nous avions piqué la curiosité, vinrent s'installer autour de nous.

Berkeley était elle aussi enfant unique. Ses parents étaient divorcés. Tous les étés, la majeure partie du temps où elle était sous sa garde, son père l'envoyait en camp. À neuf ans, elle était allée dans un camp de tennis, de ski nautique à dix, et de majorette l'année passée. Alicia Silver lui dit :

— Tu préféreras Talequa, parce qu'il n'y a pas qu'une seule activité, il y a aussi les travaux manuels, l'étude de la nature, ou les sports comme la natation, par exemple.

Les autres approuvèrent de la tête. D'une façon ou d'une autre, elles disaient la même chose : le camp de Talequa était vraiment varié.

Comparée à celle de Berkeley Sims, mon histoire me paraissait ennuyeuse. Je leur dis que mes parents étaient toujours mariés, en tout cas ils l'étaient encore cet été-là ; que ma mère était professeur au Département de psychologie de l'université du comté de Clarion et que mon père en était le secrétaire général. Blair Patayani nous raconta que ses parents étaient allés à Clarion. C'est même là qu'ils s'étaient rencontrés. Dans l'ensemble, les filles semblaient plutôt amicales.

Berkeley, l'autre nouvelle, m'intriguait. Je savais, ayant été élevée par des parents qui travaillaient tous les deux à l'université, que Berkeley était un campus de l'université de Californie, réputé pour ses manifestations et ses points de vue politiques très libéraux. Ce que mon père n'approuvait pas ; d'ailleurs, il n'approuvait pas non plus la Californie, mis à part le fait qu'elle nous avait donné Ronald Reagan, le président des États-Unis à l'époque, que mon père appréciait beaucoup.

— Est-ce que tu es née à Berkeley ? lui demandai-je.

— C'est là que j'ai été conçue.

Il y eut un blanc, puis Heather Featherstone[4] (dont le nom était un peu étrange) sourit d'un air entendu et

---

4. Featherstone : littéralement, *pierre de plume*.

nous expliqua qu'au camp, nos véritables prénoms n'avaient aucune importance parce que les anciennes s'appelaient par leur surnom.

— Comment dois-je t'appeler, alors ?

— Je ne peux pas te répondre, nos surnoms sont secrets. Tant que tu n'en as pas un, nous ne pouvons pas te révéler les nôtres.

— Je n'ai pas de surnom, tout le monde m'appelle Margaret ou Margaret Rose. Rose est mon second prénom.

Heather jeta un coup d'œil à Ashley Schwartz, à sa gauche, puis à Kaitlin Lorenzo, à sa droite, avant de dire :

— En fait, ce n'est pas toi qui te choisis un surnom, c'est nous qui t'en donnons un.

Elles étaient d'accord toutes les trois.

— Comment pouvez-vous faire une chose pareille ? Un nom, c'est quelque chose que nos parents nous donnent ; toi, tes parents t'ont appelée Heather.

Ashley se mêla à la conversation.

— On parle d'un surnom, pas d'un truc qu'on met sur sa carte de visite. Quand nous t'en aurons donné un, nous te dirons les nôtres.

— Chacune doit avoir un surnom, ajouta Kaitlin.

Intérieurement, je me dis : « Pas moi. »

Après le petit déjeuner, nous fûmes réparties en trois groupes selon un savant mélange d'âges et de bungalows.

Nous devions passer successivement par l'atelier de trois moniteurs qui avaient fait l'école de clown. Je n'étais pas avec les autres Étourneaux.

Profitant d'une pause entre le jonglage et le maquillage, je retournai au bungalow. J'y trouvai tous mes draps roulés en boule, alors que j'avais fait mon lit avant de sortir. Je montai voir ma couchette. On avait retiré mes couvertures, et une grosse tache humide trônait au beau milieu du matelas. Ça sentait l'urine.

Furieuse, je redescendis et j'attendis que les autres se montrent. J'étais résolue à trouver qui avait fait cela et à l'affronter. J'attendis, personne ne vint. Je ne savais pas où étaient les filles ni ce qu'elles bricolaient, mais je savais que, où qu'elles soient et quoi qu'elles fassent, elles étaient ensemble ; tout avait été manigancé à l'avance.

## Et les conseils amicaux d'animateurs expérimentés

Je partis à la recherche de mon animatrice, je la trouvai à la cantine en train de bavarder avec ses collègues. Je m'approchai pour lui demander de la voir un instant. Tandis que nous nous dirigions vers un coin isolé de la pièce d'où personne ne pourrait nous entendre, je m'aperçus qu'elle avait l'air préoccupé. Je lui décrivis ce que j'avais trouvé au bungalow.

Gloria posa sa main sur mon épaule :

— Tout va bien, Margaret. Beaucoup de filles ont des accidents. Après tout, c'est un drôle de lit et aussi un nouvel environnement.

— Mais je n'ai pas mouillé mon lit ! protestai-je. Quelqu'un d'autre l'a fait.

— Bien sûr, bien sûr, je comprends — il ne manquait que le clin d'œil lorsqu'elle ajouta que cela resterait un secret entre nous. Je vais simplement demander à Jake d'enlever ce matelas et d'en apporter un autre.

— Mais ce n'est pas moi qui ai fait pipi.

— On sait, on sait. Ne t'inquiète pas, on va s'en occuper.

J'insistai :

— Vous avez vu que mon lit était fait ce matin avant que je sorte, n'est-ce pas ?

— C'est sans doute pour cela que ça n'a pas séché, répondit-elle.

— Mon lit n'était pas mouillé quand je l'ai fait ce matin. Je ne l'ai pas mouillé, quelqu'un d'autre l'a fait à ma place.

— Ce sera très difficile à prouver.

Je compris qu'en effet ce serait difficile. Les apparences étaient contre moi. Je m'éloignais quand Gloria me rappela. Se penchant tout près de mon oreille, de façon à ce que personne n'entende, elle murmura :

— Je demanderai à Jake de changer le matelas avant le déjeuner. Nous n'en dirons rien à personne. Je ne rédigerai même pas de rapport.

## La cordialité chaleureuse
## des camarades campeurs

Les anciennes n'étaient pas aussi malignes qu'elles le croyaient. Au dîner, Ashley annonça qu'elle avait demandé un désodorisant parce qu'elle avait remarqué une drôle d'odeur en rentrant dans le bungalow à la suite du cours de clowns. Après m'avoir jeté un regard en biais, Kaitlin proposa une paire de serviettes de toilette propres, que sa mère lui avait envoyées, si jamais quelqu'un en avait besoin. Alicia ajouta qu'elle avait une amie dont le petit frère faisait pipi au lit et qu'il avait une alèse au cas où...

— J'espère que personne n'en aura besoin ici. J'ai entendu dire que ça tenait très chaud, précisa Stacey.

Dans la soirée, les anciennes se chuchotèrent leurs surnoms. En écoutant attentivement, j'appris que Stacey Mouganis se nommait Poupée parce qu'elle avait une de ces « bouts de chou », très chères, et faites main, qu'elle emmenait apparemment partout. Heather Featherstone était Frangette, c'est comme ça qu'elle appelait son vieux doudou en coton usé, sans lequel elle ne pouvait pas dormir. Ashley Schwartz était Tattoo parce qu'elle avait un tatouage qu'elle montrait volontiers en s'habillant ou en se déshabillant. Je l'entendis confier à Berkeley que ses parents ne l'avaient jamais remarqué. Je n'aurais su dire si elle se vantait de sa discrétion ou si ses parents ne la regardaient pas beaucoup. Kaitlin Lorenzo s'appelait 85 B, c'était sa taille de soutien-gorge, ce dont elle était très fière. Je l'aurais sans doute été également, si tel avait été mon cas, mais je n'aurais jamais utilisé un nom pareil. Je me serais contentée du B.

Le soir de notre seconde journée au camp, Berkeley avait un surnom. Je n'eus aucune difficulté à le deviner. Elles lui avaient choisi Bouche de métal, car elle portait un appareil dentaire. Elles étaient visiblement satisfaites de leur trouvaille. Pour moi, elles manquaient d'imagination. Je savais qu'elles tenaient à ce que je les entende, pour ne pas rester la seule à ne pas faire partie de leur société secrète à surnoms.

Le soir du troisième jour, Ashley Schwartz s'approcha et me pria de descendre de ma couchette pour qu'elles puissent m'initier. Les Étourneaux m'avaient trouvé un pseudonyme merveilleux.

Je n'en voulais pas.

J'aimais mon nom.

Les prénoms étaient importants. Oncle Alex disait que le langage était un don de Dieu fait aux hommes. Il m'avait expliqué comment Dieu avait demandé à Adam de trouver un nom aux animaux, comment Il lui avait apporté chaque bête de la Terre et chaque oiseau du ciel pour lui laisser le soin de leur en attribuer un à chacun. C'était tellement important de nommer que c'était la seconde chose que Dieu avait demandé de faire à Adam.

J'étais Margaret. Margaret Rose. Margaret Rose Kane. Je portais le prénom de ma grand-mère maternelle, Margaret Rose Landau, qui était morte l'été précédant ma naissance. Rose était son nom de jeune fille, c'était la sœur de mes oncles. Oncle Morris m'avait dit une fois : « Rose est ton second prénom, ne l'oublie jamais. Ce Rose, au milieu, tient Margaret et Kane ensemble, il pourra même stopper les balles. »

Il m'avait fallu douze ans pour devenir Margaret Rose, et en compagnie des Étourneaux, je trouvais de plus en plus difficile d'être elle, en tout cas la Margaret Rose que je croyais être.

Je ne bougeai pas de mon lit et je dis aux filles, qui s'étaient rassemblées autour, que je voulais savoir ce qu'elles m'avaient choisi.

— Descends et trouve-le, lança Alicia.

Blair Patayani ajouta qu'elles ne pouvaient pas me révéler mon surnom à l'avance.

— Alors je ne peux pas l'accepter, conclus-je.

— Allez, descends, répéta Heather qui croyait que je plaisantais.

Je ne pouvais tout simplement pas permettre à sept filles qui me connaissaient à peine de me réduire à un seul mot de leur invention.

Me faisant signe de la main, Ashley dit :

— Descends tout de suite.

— Je préfère ne pas.

Ce soir-là, à l'unanimité, Bouche de métal incluse, les Étourneaux me trouvèrent un nouveau surnom (je n'ai jamais deviné le premier). Elles chuchotèrent de façon à ce que je l'entende : *Couches culotte*. Il était censé m'humilier, il me permit, au contraire, de comprendre ce qu'oncle Morris entendait par mon nom pare-balles.

# 3

L'autoroute s'était élargie à six voies quand Tartuffe pointa son museau en avant sur le siège et émit un petit gémissement pour demander une caresse.

— Tartuffe, lui dis-je, en attendant qu'il me regarde et penche la tête, son joli mouvement pour montrer qu'il était prêt à écouter. Tartuffe, aimes-tu ton nom ?

Je pris sa tête et l'approchai de la mienne :

— C'est bien comme nom, n'est-ce pas ? Je l'aime beaucoup, et je suis sûre que toi aussi.

Le jour où je choisis de ne pas aller à la promenade en forêt, Gloria me dit que Mme Kaplan voulait me voir.

J'étais debout devant son bureau, attendant qu'elle finisse de lire mon dossier.

Elle releva finalement la tête et sourit.

— Nous avons appris que vous deviez faire la promenade en forêt avec Berkeley Sims comme partenaire. Il paraît que vous lui avez demandé de dire à Gloria que vous préfériez ne pas y aller.

Mme Kaplan continuait à sourire, attendant une réponse. Mais puisqu'elle ne m'avait pas posé de question, et que ce qu'elle avançait était juste, je me tus.

Elle finit par m'interroger directement.

— Est-ce vrai, Margaret ?

— Oui.

Mme Kaplan referma mon dossier et prit une brochure du camp. Elle étudia un instant l'illustration de couverture, puis me demanda :

— Dites-nous, Margaret, est-ce que vos parents et vous-même avez lu ce catalogue que nous vous avons adressé ?

— Oui.

— Avez-vous regardé la vidéo ?

— Oui.

— Après avoir lu le catalogue et vu la vidéo, n'avez-vous pas choisi le camp de Talequa parmi tous les autres, parce que vous *préfériez* les activités qui y étaient proposées ?

— Si.

— Alors Margaret, dites-nous, pourquoi refusez-vous de participer ?

— Parce que je préfère ne pas.

— Préférez-vous ne pas nous le dire, ou préférez-vous ne pas participer ?

— Les deux.

Le sourire de Mme Kaplan se figea. Elle commença à prononcer mon prénom, mais ne dépassa pas la première syllabe. Sa lèvre supérieure ne bougeait plus. Ses dents étaient sèches, elle passa sa langue dessus.

— Maintenant, Margaret, nous voulons que vous fassiez quelque chose pour nous. Nous voulons que vous entriez dans l'esprit du camp de Talequa.

Elle m'adressa un regard appuyé avant de s'autoriser un nouveau sourire. Puis sa tête se mit à balancer d'avant en arrière, d'avant en arrière, d'avant en arrière, ce qui pouvait tout aussi bien correspondre à une série de « oui, bien sûr, je comprends » ou alors à un simple tremblement, ce qui arrive parfois aux personnes âgées. Soit elle s'obstinait, soit elle dévoilait son âge. Je la regardais, j'attendais. Elle aussi. Je crois qu'elle espérait que je me mette à pleurer. Je m'en abstins.

Puis Mme Kaplan finit par dire : « Margaret, année après année, il y a des filles qui viennent ici régulièrement. Pour certaines d'entre elles, ce n'est pas seulement le meilleur moment de l'été, c'est le meilleur de toute leur année. »

Silencieuse et les yeux secs, je regardais sa tête dode-liner – oui, oui, oui, oui – comme ces chiens en peluche suspendus à l'arrière des camionnettes. Pour garder le contact, je balançai la tête à mon tour. Mme Kaplan pensait que je l'approuvais, alors que je réagissais simplement par mimétisme, aussi elle ajouta :

– Nous voulons que vous preniez le temps de connaître ces filles, Margaret. Six d'entre elles se trouvent justement dans votre bungalow.

Elle regarda mon dossier :

– Étourneaux, dit-elle, et le balancement – oui, oui, oui, oui – reprit. C'est bien « Étourneaux », n'est-ce pas, Margaret ?

Bien sûr, que c'était « Étourneaux ». Sinon, comment aurait-elle su qu'il y avait *six de ces filles* dans mon bungalow ? Pour éviter une réapparition du syndrome du balancement, et une possible hypnose, j'arrêtai de la regarder dans les yeux, puis hochai une seule et bonne fois la tête.

– Parlez, insista-t-elle. C'est Étourneaux, oui ou non, Margaret ?

– Oui, je suis aux Étourneaux.

– Bien, Margaret, il y a six jeunes filles, aux Étourneaux, qui viennent au camp de Talequa tous les étés depuis qu'elles ont dix ans.

– « Les anciennes », ajoutai-je d'un ton neutre.

— Oui, elles sont six dans votre bungalow, laissez-moi vous donner leurs noms.

— Je les connais.

Malgré tout, elle continua de les nommer à la ronde : un battement, un nom, un signe de tête.

— Alicia Silver, Blair Patayani, Ashley...

— ... Schwartz, Kaitlin Lorenzo, Stacey Mouganis et Heather Featherstone, terminai-je.

Les balancements stoppèrent. Je me dis que si elle était capable de les déclencher et de les arrêter sur commande, ce n'était pas un phénomène lié à l'âge.

— Alors, vous les connaissez ?

— Tout le monde les connaît.

— Ces filles sont sur la bonne voie, Margaret. Il vous incombe d'apprendre à mieux les connaître. Comprenez-vous ?

— Je sais ce qu'incomber veut dire.

— Cela signifie que nous voulons que vous soyez amies, Margaret. Elles vous montreront comment devenir une vraie campeuse de Talequa.

Elle remit la brochure à sa place, en vérifiant que les coins n'étaient pas cornés.

— Maintenant, Margaret, pouvez-vous nous confier ce que vous préférez ?

Et elle recommença à osciller — oui, oui, oui.

Je la regardais, hypnotisée.

— Pouvez-vous nous dire ce que vous voulez ?

Lorsque je lui répondis, elle m'envoya sur-le-champ voir l'infirmière pour faire une évaluation.

Tout le temps de la balade en forêt, je restai devant le miroir de la salle de bains. Je testai quelques expressions faciales, avec du maquillage, en essayant de faire des trucs avec mes cheveux.

J'avais décidé que le destin, c'était les cheveux.

L'autre nouvelle, Berkeley Sims, avait de jolis cheveux, faciles à coiffer. Elle pouvait les garder raides ou les laisser boucler en séchant. En plus, ils étaient de deux couleurs très à la mode : brun avec des mèches blondes. Moi, si j'avais eu le choix, j'aurais pris ceux de Blair Patayani. Elle avait des cheveux sages, mais avec du caractère : longs, lisses, épais et très noirs. Les miens étaient pénibles. Foncés et drus, ils prenaient des heures à sécher, refusaient d'être attachés, qu'ils soient retenus par des épingles, tressés ou tordus en chignon. C'était toujours problématique d'en faire quelque chose.

Quand mes colocataires revinrent de leur promenade, elles se précipitèrent dans les douches, deux par deux, laissant Ashley passer en dernier. Je l'entendis ouvrir le robinet, puis l'arrêter. Elle se rua alors dans la chambre.

— J'ai de l'eau jusqu'aux chevilles, là-dedans. Ça n'évacue pas. Il y a quelque chose qui cloche.

Elle me lança un regard furieux, tandis que Kaitlin partait chercher Gloria.

Lorsqu'elle arriva, elle se rendit dans la salle de bains, pour en sortir une minute après, en demandant :

— Qui a fait ça ?

Les filles haussèrent les épaules. Alicia répondit :

— Quand nous sommes revenues, nous avons toutes remarqué qu'une des deux douches ne fonctionnait pas, alors nous avons utilisé l'autre, en y allant par deux.

Stacey ajouta :

— Ashley était la dernière, nous avons oublié de lui dire que la douche de droite ne marchait pas.

Kaitlin corrigea aussitôt :

— Celle de gauche.

Stacey rougit.

— Je voulais dire celle de gauche. Elle marchait hier soir. Il a dû se passer quelque chose cet après-midi quand nous étions en promenade.


## Conseil amical

Me massacrant du regard, Gloria trancha :

— Je vais chercher Jake pour qu'il arrange ça.

# 4

Nous étions à des kilomètres du camp quand je demandai à oncle Alex :

— Est-ce que tu crois que Mme Kaplan souffre d'une névrose narcissique ?

— Pourquoi me poses-tu cette question ?

— Eh bien, une personne qui souffre de névrose narcissique a un sentiment très développé d'autosuffisance ; Mme Kaplan se croit tellement importante qu'elle est plurielle. Elle dit toujours *nous* pour *je*. Tout le temps. Il n'y a personne d'autre dans la pièce, mais c'est : « nous demandons », « nous avons besoin », « nous ne permettons pas » et « nous voulons ». Un nombre incroyable de « nous voulons »...

Mon oncle gloussa :

— Je ne m'y connais pas en troubles de la personnalité, Margitkam. Je sais simplement qu'il existe trois sortes de *nous*.

Il s'enfonça dans le siège de la voiture et se tourna légèrement vers moi pour que nous puissions mieux nous voir.

— Tout d'abord, il y a le vrai *nous* — le pluriel — qui signifie moi plus d'autres. Ensuite, il y a le *nous* éditorial. Les nouveaux présentateurs TV l'utilisent beaucoup. Ils parlent pour eux et pour d'autres — les patrons de la chaîne, j'imagine. Enfin, il y a le *nous* royal. Une reine dirait : « Nous ne nous sommes pas divertie. » C'est celui de Mme Kaplan. Cette femme pense qu'elle est une reine, et toi, ma chère, tu es son loyal sujet.

— Je ne l'étais pas, insistai-je. Je n'étais ni loyale, ni son sujet. Je n'étais pas sa propriété non plus.

Mon oncle rit. Il avait un gros rire, rond et rebondi.

— Je n'étais pas exactement obéissante, mais pas vraiment désobéissante non plus. Pas tout à fait. Comme quand quelqu'un n'est pas d'accord avec vous, et qu'il est en désaccord avec vous. J'étais quelque part entre l'obéissance et la désobéissance. Si une personne n'est pas d'accord, mais pas en désaccord, alors qu'est-ce qu'elle est ?

— Tu étais ce que je qualifierais de neutre. Comme le changement de vitesses d'une voiture. Quand tu te mets au point mort, tu ne peux aller ni d'un côté ni d'un autre, ni en avant ni en arrière. Si tu es au point mort, tu es immobile.

Mon oncle avait l'air d'en connaître un rayon sur les voitures. Même si j'avais déjà entendu le terme de changement de vitesses, je n'avais jamais vu personne s'en servir. J'ignorais comment oncle Alex savait cela et ne le lui demandai pas ; j'étais juste heureuse de constater qu'il me comprenait.

– Oui c'est ça. J'étais immobile. Ni obéissante, ni désobéissante.

– En fait, je crois que le mot qui convient est « anobéissant », qui signifierait sans obéissance – ce qui n'est pas la même chose que désobéissant. Je dirais qu'anobéissant est un mot comme anesthésique, qui veut dire sans sensations.

– Ou anonyme, qui signifie sans nom.

– Ou anorexique, sans appétit, ou anémie, sans sang.

– Ou Anne Boleyn, sans tête[1].

Mon oncle éclata de rire.

Jake me regardait dans le rétroviseur. Il me sembla le voir sourire, mais je n'en étais pas sûre, n'apercevant de ma place que la moitié de son visage.

Le samedi, une sortie en barque sur le lac était prévue. Gloria fit un appel rapide dans le bus et se rendit compte qu'il lui manquait une campeuse. Elle descendit et se

---

1. Reine d'Angleterre (env. 1507-1536), qui fut décapitée.

dirigea vers le bungalow des Étourneaux où elle me trouva toute habillée, allongée sur ma couchette en train de lire, la tête sur l'oreiller, appuyée contre le mur. Elle me dit que si je ne me dépêchais pas, le bus allait partir sans moi. Je lui répondis que c'était très bien ainsi, car je préférais ne pas venir.

Elle inspira profondément :

— Tu aurais dû me le dire.

— Je l'ai fait, hier soir, quand tu étais dans tes papiers.

— Je n'ai pas entendu.

— Ou tu n'as pas écouté.

Gloria fit un rapport à Mme Kaplan, qui me valut un nouveau sermon.

## Conseil amical

Environ une heure après le départ du bus, Mme Kaplan arriva au bungalow avec un plat de biscuits et un pot de lait.

Elle me trouva allongée sur ma couchette, les bras sous la tête, le pied battant la mesure sur *Thriller* de Michael Jackson, que j'écoutais dans mon Walkman. Je m'assis lorsqu'elle entra. Elle tapota le bout de la couchette inférieure et s'adressa à moi :

— Venez vous asseoir ici, Margaret, afin que nous ayons une petite conversation.

Elle posa le plat de biscuits entre nous.

— Servez-vous.

Je pris un biscuit et la remerciai. À partir de là, notre petite conversation partit en chute libre. Mme Kaplan semblait d'accord avec tout ce que je racontais, jusqu'à ce que je prononce une phrase qui la rendit tellement furieuse que cela mit brutalement fin à notre tête-à-tête. Son sourire s'évanouit si vite qu'il en émit presque un son. Ses narines se dilatèrent, comme si elle aspirait la moitié de l'air de la pièce. Soufflant les syllabes de mon nom, elle dit :

— Margaret Kane.

Elle reprit une profonde inspiration, cette fois-ci en suçant l'air entre ses dents serrées.

— Margaret Kane, nous voulons que vous réfléchissiez à la chose cruelle que vous venez de prononcer. Nous voulons que vous y pensiez très fort. Très fort. Puis, ensuite, nous voulons que vous songiez à ce que vous pourriez faire pour vous excuser.

Elle bondit du lit comme d'un trampoline. Le plat tomba, les biscuits qui restaient se brisèrent en mille morceaux.

J'étais assise sur le lit d'Heather, le matelas résonnait encore. Mme Kaplan nous toisait avec un égal mépris, les gâteaux éparpillés et moi. Elle lança :

— Vous pouvez nettoyer tout ça.

Et elle ajouta, une seconde après :

— Tout de suite !

Elle attendait que je prenne le balai et commence à nettoyer.

— Quand vous aurez fini, nous voulons que vous alliez voir Mme Starr, à l'infirmerie. Et nous ne voulons pas vous entendre nous dire que vous préféreriez ne pas.

Mme Starr, c'était l'infirmière Louise. Je ne l'aimais pas du tout. Hormis le fait qu'elle se teignait les cheveux et qu'elle portait une blouse, rien ne la distinguait de Mme Kaplan. J'aurais vraiment préféré ne pas devoir y retourner.

Dès que Mme Kaplan fut partie, je commençai à chanter :

« Que Dieu protège notre gracieuse Reine,

Longue vie à notre noble Reine,

Que Dieu protège la Reine ! »

Je chantais en balayant, et quand j'eus terminé le cinquième couplet, après avoir chanté le second (mon préféré) deux fois, j'avais nettoyé tout le bungalow d'un mur à l'autre, en accordant une importance particulière aux coins. Je décidai alors que « Nettoyez tout ça » ne signifiait pas « Ramassez-le ». Je laissai donc un tas de miettes, de moutons de poussière et de sable bien net à l'entrée du bungalow, secouai le balai contre la porte, et partis à l'infirmerie.

# 5

Nous étions maintenant sur la partie dite « panoramique » de l'autoroute. Nous passions devant des panneaux qui indiquaient – en paragraphes trop longs et en caractères trop petits – ce que nous devions apprécier. Il aurait fallu être un lecteur extraordinairement rapide ou avoir une voiture d'une lenteur extrême pour réussir à comprendre ce qu'ils disaient. Je n'essayais même pas.

Tartuffe se redressa et posa la tête sur le siège entre mon oncle et moi. Je regardais par la fenêtre, en pensant que tout le monde à Talequa avait un nom pour moi alors que personne ne me connaissait. Même si je ne devais jamais remporter le prix de Miss Amabilité, je ne méritais pas celui d'Incorrigible.

– L'infirmière m'a traitée d'incorrigible.

Mon oncle prit ma main et embrassa le bout de mes doigts. C'était sa façon « vieille Europe » de me dire qu'il m'approuvait, c'était fréquent.

— Je suis au courant, dit-il, j'ai lu son rapport.

— Je ne savais pas qu'elle aussi en avait écrit un...

Le temps que je revienne au bungalow après avoir vu l'infirmière Louise, toutes les Étourneaux étaient rentrées de leur balade en barque. La première chose que je remarquai, c'est que le tas de miettes et de poussière que j'avais laissé sur le pas de la porte n'y était plus, puisqu'il était éparpillé sur le sol du bungalow. La seconde, c'est qu'Ashley et Alicia étaient incandescentes. Ensuite, je m'aperçus qu'elles irradiaient toutes comme des néons. Même Blair Patayani, à la peau couleur moka, qui s'était vantée de ne jamais prendre de coup de soleil. Je me frayai un chemin dans la pièce. Elles étaient toutes étrangement calmes. Quand j'arrivai à mon lit, je compris pourquoi.

Un pied de mon échelle de lit trempait dans une vilaine mare de vomi. Heather Featherstone, qui occupait le lit en dessous du mien, était allongée sur le côté, dos à la pièce. Et son dos était d'une nuance lumineuse couleur framboise. Elle serrait sa poupée sur son ventre.

— Qu'est-ce qui s'est passé ? demandai-je.

— Tu pourrais peut-être nous l'expliquer, lâcha Berkeley Sims en s'approchant.

— Qu'est-ce que tu veux dire ?

Ashley échangea avec Berkeley un sourire de connivence :

— Il n'y avait pas tout ce bazar quand nous sommes parties, et tu es restée seule au bungalow.

J'ouvris la bouche pour répondre, mais je ne pouvais pas parler. J'enjambai la barre la plus basse de l'échelle et montai à ma couchette en tenant les deux rampes pour que les filles ne me voient pas trembler.

Ressemblant à deux ampoules infrarouges bas voltage, Alicia et Blair rejoignirent Ashley et Berkeley. Stacey et Kaitlin aussi, puis, comme sur un signal muet, elles se mirent toutes les six en demi-cercle, épaule contre épaule au pied du lit, à une distance raisonnable de la mare de vomi. Je ne sais pas qui commença la première à dire « Nettoie-le ». Peut-être Kaitlin, mais cela aurait tout aussi bien pu être Ashley. Je les regardai, l'une après l'autre. Elles me rendirent mon regard et, dans ce bref échange, je saisis ce qui arrivait, je les vis passer de la méchanceté à la haine. Juste là, devant mes yeux, elles se rapprochèrent, silencieusement d'abord. Elles se prirent par les épaules, et avec la précision d'un tir de rockets elles se mirent à scander : « Nettoie-le, nettoie-le, nettoie-le. »

Je ne tremblais plus. J'étais figée sur place. Mon instinct le plus profond avait dû m'avertir qu'elles avaient franchi les limites de la raison, au-delà de la logique. Quoi que je puisse dire – à supposer que je sois capable de parler – rien, de toute façon, ne les aurait convaincues. Je restai assise sur mon lit et les regardai inventer leur rage. Elles s'étaient transformées en une horde guerrière. Il leur fallait une victime. Moi.

Elles reprirent en rythme :

— Nettoie-le, nettoie-le, nettoie-le, le, le !

Pendant une pause entre les chants, Gloria entra.

Elles se turent aussitôt et laissèrent retomber leurs bras.

Gloria supposa que les filles s'étaient rassemblées autour de notre lit par égard pour Heather.

— Comment va-t-elle ?

Les filles la laissèrent s'approcher. Elle évita le bas de l'échelle et s'assit au pied du lit d'Heather, juste là où Mme Kaplan s'était assise tout à l'heure.

— Jake est à l'entrée de la cantine. Pourquoi l'une d'entre vous n'irait-elle pas lui dire ce qui est arrivé ? Il saura quoi faire.

Ashley se porta volontaire, non sans avoir échangé avec Kaitlin et Alicia un sourire mauvais.

Ce soir-là, quand Gloria revint au bungalow, je m'assis dans mon lit et chantai : « Que Dieu protège la Reine. »

Je chantai les cinq couplets à la suite, puis les rechantai tous encore une fois.

Je regardais par la fenêtre de la voiture, mais je ne voyais rien. Je pensais aux trois sortes de nous : le nous pluriel, le nous éditorial et le nous royal. Je pouvais remercier mon *ça*, ma part de psyché totalement inconsciente, d'avoir compris que Mme Kaplan se prenait pour une reine. Mon subconscient avait flairé avant moi que cette femme utilisait le nous royal. C'est mon *ça* qui m'avait instinctivement poussée à chanter « Que Dieu protège la Reine ». Je commençai à la fredonner.

Oncle Alex me demanda :

— Que chantes-tu, Margitkam ?

— La chanson que je chantais hier.

— Et quelle est cette chanson ?

— L'hymne national britannique. J'ai commencé à le chanter hier après-midi. Plus tard, je l'ai repris assise dans mon lit.

— Toujours la même chanson ?

— Toujours : « Que Dieu sauve la Reine ».

Je commençai dans un faible trémolo :

« Que Dieu protège notre gracieuse Reine,
Longue vie à notre noble Reine,
Que Dieu protège la Reine !
Garde-la victorieuse,

Heureuse et glorieuse,

Que son règne soit long

Que Dieu protège la Reine ! »

— Où l'as-tu apprise ?

— En sixième. Mon professeur d'art était anglophile. Elle nous a fait apprendre cinq couplets. Il paraît qu'il y en a un sixième mais elle ne l'aimait pas, alors nous n'avons appris que les cinq premiers. Écoute le second verset. C'est mon préféré.

« Oh Seigneur notre Dieu venez,

Dispersez ses ennemis,

Faites-les tomber,

Embrouillez leurs politiques,

Confondez leurs ruses de valets,

En Vous nous mettons nos espoirs,

Protégez-nous tous ! »

Mon oncle rit.

— Très bien, et très pertinent.

Je chantai de nouveau le second couplet, et mon oncle se mit bientôt à fredonner. Quand je l'entamai une autre fois, il chanta avec moi. Ni l'un ni l'autre n'avions des voix mélodieuses, et Tartuffe se redressa en hurlant.

— Qu'est-ce qui s'est passé quand tu as chanté, Margitkam ?

— Rien. Les Étourneaux ne m'ont accordé aucune attention. Je crois que ça s'appelle une « mise à l'écart ». Personne n'a rien dit sauf Gloria, mon animatrice.

— Qu'a-t-elle fait ?

— Elle a d'abord essayé de m'ignorer, mais après que j'ai entonné une seconde fois tous les couplets, elle m'a demandé de bien vouloir stopper. « S'il te plaît, Margaret, arrête de chanter cette chanson. »

— Et alors ?

— J'ai arrêté, et j'ai commencé à fredonner. J'ai fredonné, fredonné et fredonné jusqu'à *Confondez leurs ruses de valets*. Là, j'ai chanté les paroles, puis j'ai fait *la, la, la*, jusqu'à *Protégez-nous tous !* Là aussi j'ai chanté les paroles, et puis j'ai recommencé à fredonner. Est-ce que tu penses que j'ai été incorrigible ?

— Incorrigible ? Je n'en suis pas si sûr. Mais irritante, oui. Irritante, j'en suis tout à fait certain.

— Bien, dis-je, étrangement satisfaite.

Et puis, comme si un chef de chorale nous dirigeait, nous reprîmes les deux premiers couplets. Cette fois, Tartuffe pointa le museau en l'air et se mit à hurler, comme si la lune était là, ronde et pleine, à la place du soleil. Après un dernier chœur, nous nous arrêtâmes, et oncle Alex embrassa Tartuffe sur le sommet de la tête. Je l'imitai, et c'est là que je surpris le reflet de Jake l'homme à tout faire dans le rétroviseur. Cette fois, sans erreur possible, il souriait. Il souriait vraiment.

Enfin, nous vîmes des panneaux d'autoroute avec des caractères assez gros pour être lisibles ; ils indiquaient que nous approchions d'une aire de repos. Mon oncle se pencha et demanda au chauffeur de bien vouloir s'y arrêter.

— Sans problème.

Mon oncle répondit mes deux mots préférés, puis ajouta « *köszönöm szépen* », son merci « vieille Europe ».

Juste avant de mettre son clignotant pour changer de file, Jake l'homme à tout faire se tourna un peu vers moi et me sourit directement. Son sourire était légèrement malicieux, et vraiment sincère.

# 6

Quand je sortis des toilettes, Jake était devant la voiture, il tenait Tartuffe en fumant un cigare. Aucun X fragile n'aurait pu à la fois fumer un cigare et avoir l'air décontracté.

— Si ça vous va, je vais faire courir un peu Tartuffe, lui dis-je.

— Prenez votre temps, il n'y a pas d'urgence, me répondit-il en me tendant la laisse.

Il fit tomber la cendre de son cigare avec délicatesse. Je me dirigeai vers le panneau signalant l'espace pour chiens, derrière les toilettes, et me retournai pour observer Jake. Il était appuyé contre le capot de la voiture, un sourire aux lèvres. Un Asperger ne serait pas nonchalamment adossé au capot d'une voiture, il se taperait la tête dessus. Je me demandai s'il n'y avait pas deux hommes à tout faire prénommés Jake à Talequa. L'un normal, et l'autre pas.

Tartuffe prit son temps pour trouver où lever la patte, et quand je retournai à la voiture, je découvris mon oncle et Jake en grande conversation. Tartuffe me tira vers mon oncle, jappant de joie comme s'il ne l'avait pas vu depuis des jours. Je me demandai quelle notion les chiens ont du temps. Est-ce qu'ils multiplient les minutes par sept, comme moi à Talequa ?

Je donnai la laisse à oncle Alex pour ouvrir la portière arrière de la voiture quand Jake, entre deux bouffées de cigare, répéta :

— Pas d'urgence.

Qui était cet homme qui non seulement avait l'air très au courant de la situation, mais qui semblait en plus tout prendre en charge ?

Mon oncle dit alors :

— Cet accident nous a vraiment retardés.

Après avoir tiré une longue bouffée de son cigare, qu'il examina en le faisant tourner entre le pouce et l'index, Jake enchaîna :

— Trois voitures.

Et il sourit d'un air entendu en direction de l'auto-route, où les voitures défilaient à la vitesse du son.

— Les gens qui ont vu la scène ont dit que même l'ambulance avait été ralentie par les embouteillages.

Il éteignit précautionneusement son cigare sur la semelle de sa chaussure, vérifia qu'il était froid, et le glissa dans la poche de devant de sa salopette, qu'il referma avec soin.

Mon oncle, qui regardait les six files de voitures en mouvement, précisa :

— L'accident a provoqué des heures de bouchon...

— Cela n'a pas été simple non plus pour l'hélicoptère de secours de se poser sur les lieux, ajouta Jake tandis qu'il s'installait sur le siège du conducteur et sortait une glacière. Des témoins assurent qu'un habitué du coin a emmené les personnes retardées par cet énorme bouchon à la meilleure table, où ils ont partagé du pain et du thon.

Il sourit de nouveau.

— Suivez-moi.

Nous nous installâmes autour de la table qu'il nous indiqua. Une fois assise, je lui demandai son nom.

— Kaplan, je m'appelle Jacob Kaplan.

— Vous êtes son mari ? demandai-je, choquée.

— Non, son fils.

Oncle Alex dit :

— Ce qui fait de vous l'héritier présomptif.

Jake rit.

— Sur le plan technique, seulement. Il est vrai que je suis le fils de la reine en titre, mais je ne suis qu'un sujet obéissant, nuança-t-il.

Nous nous regardâmes, mon oncle et moi, et, comme des acteurs sur scène, nous répliquâmes en chœur :

— Anobéissant, êtes-vous *anobéissant* ?

Jake fit signe que non, puis que oui, et rigola :

— Je crois que je le suis.

Nous mangeâmes tranquillement, goûtant l'ombre et la brise légère qui flottait sur l'autoroute. Jake nous expliqua comment il était devenu l'homme à tout faire de sa mère. Il peignait des panneaux d'affichage et avait perdu son boulot parce que de nombreux États avaient voté des lois les interdisant, surtout les très grands, qui étaient justement sa spécialité.

— Ma mère avait besoin d'un homme à tout faire, et moi d'un travail. Je suis meilleur peintre que factotum. Mais quel est l'intérêt d'être bon pour un job dont personne ne veut ?

— Mon frère Morris est dans la même situation, précisa oncle Alex.

— Il peint des panneaux d'affichage ?

— Non, il est horloger. Ça ne va pas si mal, puisqu'il y a encore quelques montres mécaniques et que les gens ont toujours besoin de réparations. Mon frère, aussi, est bon dans son métier. C'est un expert en fins réglages et en réparation de *morceaux de temps*, comme il appelle les pendules et les montres avec des mécanismes et des ressorts. Nous avons un espace, un kiosque, dans le centre commercial de Fivemile Creek.

Jake me regarda et me fit un clin d'œil.

— Tôt ou tard, nous faisons tous ce que nous avons à faire, même si c'est de la plomberie, n'est-ce pas ?

Mon oncle et Jake rassemblèrent les papiers gras du repas pour les mettre à la poubelle. Je les suivis avec Tartuffe en laisse. Une fois qu'ils eurent jeté les ordures, je donnai la laisse à mon oncle et revins sur mes pas. J'étais si heureuse de ne pas devoir me rendre aux balades/petites conversations/arts/travaux manuels, que j'avais l'impression d'avoir reçu un passe-droit. Encore plus libre que ça. Plus libre que le dernier jour de classe. J'étais *excusée*.

Plus d'Étourneaux.

Quel soulagement !

Plus de lait en poudre au petit déjeuner.

Quel soulagement !

Plus de travaux manuels à la carte ou de Mère Nature. Plus d'accompagnement amical d'animateurs expérimentés. Plus, plus, plus.

J'étendis mes bras comme un aigle, puis, les doigts écartés, je les soulevai lentement aussi haut que je pus, et je levai ma tête vers le ciel à qui j'adressai mes remerciements. Je serais bientôt chez mes oncles. Je serais bientôt dans mon lieu fétiche. Je serais bientôt dans le jardin des Tours. Je serais bientôt en train de dîner tandis que les lumières des Étourneaux seraient éteintes. Je hurlai : « Oui, oui, oui, oui ! » Je laissai retomber mes bras et tournai trois fois sur moi-même, trois fois pour totalement dissiper les fantômes de Talequa.

Puis je courus rejoindre mon oncle et Jake.

Au moment où j'arrivai à la voiture, mon oncle disait à Jake :

— Puis-je suggérer, monsieur Kaplan, que lorsque votre voiture tombera en panne à Epiphany, vous restiez dîner avec nous ?

— Ça me plairait, répondit Jacob Kaplan.

— Pouvez-vous me dire si votre mère sera contente ou fâchée qu'il n'y ait pas de facture de réparation ?

— Je préfère ne pas, lança Jacob, radieux, en plantant son regard dans le mien.

# 7

Oncle Morris nous attendait, assis sur la dernière marche du porche de service.

Dès que Jake arrêta le moteur, je sautai de la voiture, et avant d'avoir atteint le milieu du jardin, j'étais dans les bras de mon oncle. Il me serra contre lui, et dans l'accueil qu'exprimaient ces bras-là, pour la première fois depuis près de dix jours, je me sentis en accord avec moi-même.

Oncle Morris Rose mesurait vingt-cinq centimètres de plus que son frère et pesait le même poids. Les mêmes kilos répartis dans ces vingt-cinq centimètres-là lui donnaient une allure plus impressionnante que joviale. Il était aussi chauve qu'oncle Alex, mais ça le contrariait, alors il se faisait une raie cinq centimètres au-dessus de l'oreille gauche et rabattait ses quelques mèches sur le sommet de sa tête. Il compensait aussi son manque de chevelure par une moustache de commandeur ; Alex, lui, était rasé. Morris avait trois ans de plus et était deux fois plus autoritaire. Son accent hongrois était plus prononcé, sa syntaxe plus hésitante, il était plus bourru et plus colérique, il avait une meilleure vue, mais il entendait moins bien.

La fratrie Rose avait émigré de Hongrie ensemble : Alexander, Morris et leur sœur Margaret, ma grand-mère, qui mourut l'année précédant ma naissance. Elle était l'aînée. Ses frères l'avaient beaucoup aimée, et malgré toutes leurs différences, petites ou grandes, ils s'accordaient sur un point : moi, Margaret Rose, j'étais le prénom de leur sœur en chair et en os et ils m'aimaient sans réserve.

Même après qu'oncle Morris eut relâché son étreinte de gros ours, Jake n'avait toujours pas franchi le portail. Il restait planté comme un piquet entre la porte de la voiture et la clôture, le regard fixe. Oncle Alex lui fit signe de venir pour le présenter à son frère.

— Est-ce que cela peut attendre une minute ? le pria-t-il. Je voudrais regarder. Laissez-moi regarder. Juste un instant.

Enchanté — comment en aurait-il été autrement — par la réaction de Jacob vis-à-vis des tours, oncle Morris lui répondit :

— Prenez tout votre temps, faites comme chez vous.

Oncle Alex annonça :

— Jacob restera dîner avec nous.

Observant Jake de nouveau, oncle Morris acquiesça :

— Certainement.

Puis il me pressa :

— Viens vite à l'intérieur, *édes* Margitkam.

Il ouvrit en grand la porte moustiquaire pour me laisser passer.

— Dis-moi, qu'est-ce qu'ils t'ont fait ?

— C'est moi, oncle Morris, c'est ce que moi j'ai fait, lui répondis-je.

Je fis un pas en arrière et ajoutai :

— En réalité, le problème c'est que je n'ai rien fait !

Je ris et mon oncle aussi.

Dès qu'oncle Alex fut entré après avoir refermé la porte derrière lui, oncle Morris lui dit :

— J'ai vu que tu avais emmené Tartuffe.

Ce à quoi oncle Alex répondit :

— Non, Morris, c'est mon *autre* chien, mon chien de rechange.

— Aussi laid que le premier.

Morris Rose n'appréciait pas Tartuffe. Il se plaignait des poils qu'il laissait partout. Il se plaignait de l'odeur du gros sac de nourriture pour chien qu'oncle Alex remisait dans un coin du porche et du bol d'eau posé par terre juste à côté, qu'il renversait au moins une fois par semaine.

— Qui s'occupe du magasin ? l'interrogea oncle Alex.

— Qui crois-tu ?

— Helga ?

— Bien sûr que c'est Helga, je le lui ai demandé, répondit Morris.

— Alors tout va bien.

— Qu'est-ce que tu veux dire par *alors tout va bien* ? C'est parce que ce n'est pas une voleuse, ou parce qu'elle fait moins d'erreurs que l'autre ?

— Quelle autre ?

— La personne qui te plaisait.

— Je les aime toutes.

Tenant sa tête à deux mains, oncle Morris déclara à la table de la cuisine :

— *Jaj, Istenem* ! Il les aime toutes, il les aime toutes parce qu'elles s'excusent quand elles font une erreur.

— Quelle autre personne me plaisait ? demanda oncle Alex.

— Le garçon.

— Pourquoi tu ne m'as pas dit tout de suite *le garçon* ? Si tu avais précisé le garçon, j'aurais compris qui était *l'autre*.

Exaspéré, oncle Morris agita ses mains grandes ouvertes.

— Alors puisque tu sais qui est l'autre, qui est-ce ?

— C'est le garçon avec le tatouage sur le poignet.

— Bien sûr. Je t'ai dit que c'était celui qui te plaisait, insista oncle Morris.

— Alors quel est son nom ? demanda Alex.

— De qui ? De celui qui te plaît ?

Ce fut au tour d'oncle Alex d'être excédé.

— Je les aime tous. Qui est celui au tatouage ?

Oncle Morris se reprit la tête dans les mains. Cette fois-ci, il s'adressa au plafond.

— Le tatoué c'est Denis. C'est Denis, répéta-t-il.

— Alors pourquoi tu n'as pas dit Denis ? interrogea Alex.

— Parce que ce n'est pas lui qui est là-bas, lui répondit Morris.

— Non, puisque c'est Helga qui s'y trouve. C'est ce que tu m'as dit lorsque je te l'ai demandé.

Oncle Morris haussa les épaules en expliquant à la table de la cuisine :

— Il demande. Je réponds. Il redemande. Je re-réponds.

C'est oncle Alex qui agitait maintenant les mains devant son visage en parlant à la chaise la plus proche :

— Il a toutes les réponses. Il a toujours des réponses. Même quand il n'y a pas de question, mon frère a des réponses.

Puis il siffla Tartuffe et remplit son bol d'eau fraîche.

J'étais si heureuse d'entendre mes oncles se chamailler que j'eus l'impression de monter les escaliers comme sur un nuage en rejoignant ma chambre, la petite pièce à l'arrière. Elle avait une fenêtre qui donnait sur les tours, de laquelle je pouvais voir Jake. Il allait et venait dans le jardin des Tours. Il passait de l'une à l'autre quand il se posta devant la Tour Deux, la plus grande, celle qui se trouvait juste devant ma fenêtre. Il se tint sous le cercle que formaient ses traverses et ses poutrelles, et regarda en l'air un long, un très long moment. Quand il se faufila en dessous de ses poutrelles les plus basses, il effleura certains des pendentifs de verre. Je le vis commencer à essayer de les compter, s'arrêter, recommencer, puis regarder à nouveau. Regarder simplement. Comme un baiser ou une promenade dans les bois, les tours étaient faites pour être expérimentées, pas dénombrées.

Puis il parcourut deux fois le chemin entre les fleurs et les tours, avant de venir s'asseoir sur le perron.

C'est là qu'il se trouvait quand je descendis le rejoindre.

# Dans le bungalow secret

# 8

Bien après, alors que les événements de ce fameux été appartenaient déjà à l'Histoire, Jake nous expliqua comment il avait été amené à nous reconduire à Epiphany, mon oncle et moi.

Il avait un arrangement avec sa mère.

Tant que le camp de Talequa était en activité — y compris au printemps et à l'automne, quand Mme Kaplan louait ses équipements à l'hôtel Elder — Jake assurait la maintenance. En hiver, quand toutes les sessions étaient terminées, que le camp était vide, il restait sur place. Il vidangeait les tuyaux et enlevait la neige qui pesait sur les toits des bungalows. En échange de ces services, il disposait toute l'année d'une cabane, enfouie au fond des bois qui entouraient le camp. Il aimait en garder l'emplacement secret vis-à-vis de tous les campeurs, jeunes ou vieux.

Il avait choisi de faire l'idiot dès qu'il avait pris ce travail.

Il savait très bien comment les jeunes filles pouvaient facilement interpréter un sourire comme sexy ou sinistre, ou un simple bonjour comme un « Tu viens ? ». Il avait donc adopté comme principe de ne jamais réagir, quoi qu'elles disent, quoi qu'elles fassent. Et la meilleure façon d'y parvenir était d'agir comme s'il avait un QI situé entre celui d'un végétal et d'un minéral. Il ne parlait à personne, n'appelait personne par son nom, et faisait semblant de ne pas comprendre quand les filles chuchotaient ou gloussaient à son sujet. Mais il voyait et entendait beaucoup. Et il connaissait toutes les astuces du camp.

Sa mère tenait autant que lui à garder secret le lieu de sa petite maison dans la forêt. Elle y venait rarement.

La première fois qu'elle alla le voir, l'été où je me trouvais à Talequa, c'était le soir où j'avais préféré ne pas participer à la balade dans la nature, le soir de notre premier petit entretien. Bien après l'heure du dîner, elle quitta son bureau pour rendre visite à son fils dans son bungalow caché.

Derrière son bureau de directrice du camp, Mme Kaplan portait des chemises militaires à épaulettes, amidonnées, soigneusement rentrées dans son pantalon ou sa jupe kaki. Pour son voyage non professionnel à la cabane de son fils ce soir-là, elle portait une longue jupe légère, un gros collier de bronze et d'os et des sandales Birkenstock. À la fois pour se camoufler et se protéger de la fraîcheur de l'air du soir, elle s'était enveloppée dans un châle brodé de soie sombre, bordé d'une frange épaisse.

Elle ouvrit doucement la porte, le temps d'accoutumer ses yeux à la lumière.

La première pièce de la cabane secrète était sans tapis et largement occupée par deux chevalets sur lesquels étaient posées des peintures inachevées. Sans se préoccuper de la taille des toiles, Jake peignait en grand. Ces toiles non encadrées, qui représentaient des hanches, des lèvres, des poitrines et des cuisses – peintes dans des couleurs chair ombrées et des nuances brillantes de cramoisi et de pourpre – étaient posées, par trois ou quatre, les unes sur les autres, contre tous les murs de la pièce.

Mme Kaplan aimait Jake, mais elle avait parfois le sentiment que ce n'était pas le fils qu'elle méritait. Elle n'appréciait pas sa façon de vivre, comme laisser la cafetière en route quand il n'était pas là – même s'il savait qu'elle n'aimait pas qu'il laisse les appareils branchés, allumés ou en marche. Elle n'était pas non plus sensible à son style de peinture ni au contenu de ses toiles. Au mieux, elle trouvait qu'elles ressemblaient aux illustrations d'un catalogue de transplantations d'organes. Elle les trouvait embarrassantes, pas très éloignées de la pornographie.

Mais le pire de tout, c'était qu'elle avait un fils qui prenait position par rapport à ses propres positions. Il appelait le guide de Talequa « Le manifeste Kaplan ».

Jake regarda sa mère enlever le châle de ses épaules et le jeter sur le dossier de l'unique fauteuil tapissé de la pièce. Elle enleva les magazines et les journaux qui se trouvaient dessus et les empila soigneusement sur le sol. Elle s'enfonça dans le fauteuil et étendit ses bras sur les accoudoirs matelassés, ses doigts agrippés aux extrémités. Elle se redressa, puis, après avoir vérifié qu'il n'y avait pas de graisse dessus, posa sa tête contre le dossier. Jake vit que malgré les Birkenstock et le châle qu'elle avait ôté, sa mère était aussi tendue et aussi dure qu'une bobine de fil de nylon.

Il lui offrit une tasse de café, qu'elle refusa. Elle inspira profondément, inhalant des vapeurs de térébenthine, de fumée de cigare et de poussière. Elle toussa un peu plus que nécessaire pour s'éclaircir la gorge et dit :

— Comment peux-tu supporter les odeurs de cette pièce ?

— Ça éloigne les moustiques, répondit-il avec désinvolture.

Pas le genre de réponse qu'elle voulait entendre.

Jake savait qu'avec le peu de moyens et d'éducation dont elle disposait à l'époque, sa mère avait fait de son mieux quand son père les avait abandonnés. Il savait aussi qu'elle avait tendance à prendre les règles, ses règles, comme des principes. Elle ne s'en détournait pas, car elle n'avait pas suffisamment confiance en elle pour savoir jusqu'où aller et quand. Elle n'écoutait pas bien, parce qu'elle avait toujours une oreille ailleurs, en train d'écouter ce qu'elle venait de dire ou ce qu'elle allait dire ensuite.

Jake pensait que, quand son père était parti, une petite flamme de mécontentement s'était allumée au fond d'elle. Pendant longtemps, il s'était dit que si jamais cette veilleuse s'éteignait, elle mourrait. Parfois, quand il l'agaçait — ce qu'il faisait presque toujours — il se consolait en se disant qu'il entretenait cette flamme vitale. Néanmoins, ce soir-là, il était évident qu'elle était plus troublée que d'habitude. Le petit feu de mécontentement brûlait déjà bien, il n'avait pas besoin de l'alimenter.

Il se versa une tasse de café et ajouta avec soin de la crème — de la vraie crème — jusqu'à ce que la couleur soit exactement terre de Sienne. Il ajouta deux cuillères à café de sucre et mélangea lentement. Il en prit une longue gorgée, dont il savoura le goût et l'arôme. Il résista à la tentation de fumer un cigare, parce que s'il en allumait un, sa mère pourrait exploser et s'en aller sans lui dire ce qu'elle avait sur le cœur. Il sentait aussi qu'elle n'aurait pas pris le risque d'une expédition jusqu'à sa cabane s'il n'y avait pas eu quelque chose de sérieux. Il était curieux. Il voulait savoir de quoi il s'agissait.

— Qu'est-ce qui se passe, maman ?

Sans le regarder directement, elle dit :

— J'ai un problème avec une de nos campeuses. Elle refuse de faire quoi que ce soit. Quand on lui demande pourquoi, elle répond « Je préfère ne pas ».

— Bartleby, dit Jake.

— Qu'est-ce que c'est que ça ? Bartleby ?

— *Bartleby le Scribe.* C'est une nouvelle de Herman Melville. Un homme de loi dont nous ne saurons jamais le nom embauche un copiste, un scribe, un homme qui recopie des textes de loi. C'est ce que l'on faisait avant le papier carbone et les photocopieuses. Pour s'assurer de l'exactitude du texte, quelqu'un lisait l'original à haute voix et les scribes vérifiaient leurs copies, mot à mot, par rapport à ce qui était lu. D'où le terme de lecteur de copies. Quand l'avocat demande à Bartleby de comparer sa copie à la lecture d'un original, Bartleby lui répond : « Je préférerais ne pas. » Plus l'histoire avance, plus il y a de choses que Bartleby préférerait ne pas faire. Le plus étrange est que l'avocat qui l'a engagé, et dont on peut penser que c'est Melville lui-même, reste toujours aimable avec Bartleby.

— Cet homme de loi était peut-être capable d'amabilité, mais pas moi.

Elle soupira avec lassitude.

— Il y a un petit quelque chose de plus avec cette enfant que je ne m'explique pas. Je dirige ce camp depuis assez longtemps pour avoir tout vu. Des filles qui se plaignent de la nourriture et des installations, de leurs compagnes de bungalow. J'ai aussi tout entendu. Des filles qui sont arrivées au bureau en maudissant et en jurant, et je peux te le dire, Jake, tu serais surpris de la variété des mots grossiers, des mots vraiment grossiers, que certaines de ces filles connaissent.

Jake sourit en pensant à sa mère obligée d'écouter des mots grossiers, vraiment grossiers.

— Pourquoi souris-tu ?

— Je souriais ?

— Absolument.

— C'était un sourire idiot ou suffisant ?

— C'était...

Elle s'arrêta aussitôt.

— Ne me demande pas maintenant d'analyser tes sourires. C'était un sourire pur et simple.

— Pur et simple, alors c'était mon sourire d'idiot.

— On ne parle plus d'idiot, Jacob. Plus personne n'est idiot.

— Plus personne n'est idiot, ou on ne dit plus le mot idiot ?

Un rapide coup d'œil lui confirma qu'elle était prête à mordre à l'hameçon.

— Ça m'intéresse, maman, vraiment. S'il te plaît, confie à ton fils pur et simple ce que tu as sur le cœur.

— J'ai cette campeuse Bartleby sur le cœur.

— Qu'a-t-elle fait ?

— C'est ce que j'essayais de te dire. Elle ne fait rien. Elle...

— Oui, oui, elle « préfère ne pas ».

— Je l'ai convoquée pour un entretien hier.

— A-t-elle pleuré ?

— Non, elle n'a pas pleuré. Les filles qui pleurent, je sais quoi faire quand cela arrive.

En fait, sa mère préférait que les filles s'effondrent en larmes. Elle leur offrait un Kleenex et du réconfort, dans cet ordre, ensuite elle les remerciait d'avoir partagé leurs sentiments. Puis, avec son pouce, elle remontait doucement le menton de la fille et lui demandait de « nous donner une autre chance ». C'était toujours une performance magistrale.

— Si elle n'a pas pleuré, t'a-t-elle au moins dit qu'elle voulait rentrer chez elle ?

— Oh, non, elle n'a pas réclamé de rentrer chez elle.

— Qu'a-t-elle dit alors ?

— Quand je lui ai demandé de me confier ce qu'elle voulait...

Sa mère n'arrivait pas à finir sa phrase. Elle baissa les yeux vers le sol, remarqua une vieille cendre de cigare et commença à la pousser dans une rainure avec sa Birkenstock. Quand elle le regarda de nouveau, elle ouvrit la bouche pour parler, mais en fut incapable.

— Qu'a-t-elle dit ? Ce serait mieux que tu m'en parles.

Sa mère étudia le sol une seconde fois, trouva encore un peu de cendre de cigare qui lui avait échappé et commença à la pousser aussi dans une rainure. Elle eut du mal à déglutir. Et toujours sans regarder son fils, elle finit par répondre :

— Quand je lui ai demandé ce qu'elle voulait vraiment, elle a lâché : « Je veux que cet entretien se termine. »

Là, Jake baissa la tête pour que sa mère ne le voie pas sourire. Cette Bartleby l'amusait autant qu'elle ennuyait sa mère. Quand il fut certain d'avoir fait disparaître toute trace de sourire, il la taquina gentiment :

— Je suis sûr que tu lui as fait remarquer qu'il y a des filles qui reviennent tous les ans...

Sa mère, sourde à son insolence, rétorqua :

— Je le lui ai dit, en effet.

Taquin, Jake poursuivit :

— ... et que pour elles, le camp de Talequa est le meilleur moment de l'été...

— Je suis très fière de cela.

— Et lui as-tu aussi dit que tu voulais qu'elle fasse connaissance avec ces filles ?

— Bien sûr. Je lui ai expliqué qu'il y avait six anciennes dans son bungalow des Étourneaux...

— Maman ! Tu n'as pas fait ça ! Tu n'as pas mis cette nouvelle isolée avec ces six filles qui ont insisté pour être ensemble ?

— Elles en avaient fait la condition de leur séjour, partager le même bungalow !

— Alors, pourquoi ne leur en as-tu pas laissé un pour elles ?

— Pour perdre deux lits ? Il y a deux nouvelles filles dans ce bungalow. Cette Bartleby n'est pas toute seule. L'autre bizarre a l'air de s'être adaptée.

— Le seul fait que tu l'appelles « l'autre bizarre » devrait t'éclairer.

— Et dois-je te rappeler que la saison de camping est courte ? Dois-je te rappeler qu'il m'est indispensable d'utiliser tous les lits pour faire un bénéfice ? Tu sais très bien qu'il y a toujours une mécontente à chaque session. De plus, et tu le sais aussi, les plaintes des pensionnaires portent avant tout sur : la nourriture, les animatrices, les moustiques. Mais cette Margaret...

— Elle s'appelle Margaret ?

Sa mère acquiesça.

— Oui, Margaret Kane. Margaret Rose Kane, comme elle aime à le rappeler à tout le monde.

— Kane avec un K ?

— Oui.

Puis, captant une expression dans son regard, elle lui demanda, inquiète :

— Pourquoi ? Quel est le problème ?

Jake se souvenait d'avoir été appelé aux Étourneaux quand les filles étaient revenues de leur balade en forêt. Lorsque Gloria lui avait dit qu'il y avait un problème d'évacuation avec une douche, il savait qu'il allait sortir un T-shirt et/ou des culottes du tuyau. Cette fois-ci, c'était deux T-shirts. Les deux portaient l'inscription M. R. KANE. Il avait laissé les T-shirts posés sur la porte des douches et était parti. Il avait entendu les filles pouffer en partant. Presque arrivé dehors, il avait entendu : « Je ne suis pas sûre qu'il sache lire. » Il était déjà loin de la porte et dans les profondeurs des bois quand il s'était risqué à enlever son masque et à sourire pour lui-même.

Il se souvenait aussi d'avoir changé le matelas d'une couchette dans le même bungalow. Il aurait dû prêter plus d'attention à l'organisation de ce bungalow. Six anciennes : ce n'était pas un bon plan.

Jake demanda :

— Tu dis que Margaret ne se plaint pas de ses camarades de bungalow ?

— Pas une seule fois, je te le répète, pas une seule fois.

— Ou est-ce qu'elle ne te l'a pas dit une seule fois ?

— Quoi que tu en penses, Jake, ou quoi que tu veuilles croire, ce ne sont pas les anciennes qui m'inquiètent.

Comme Jake ne répondait pas, elle s'empressa d'ajouter :

— Tu dois admettre que j'ai une grande expérience des préadolescentes, et je suis probablement la dernière personne au monde à vouloir leur coller une étiquette.

— Bien sûr, maman, *les étiquettes* c'est exactement comme le mot *idiot*. Ça reste collé au bout de ta langue.

— C'est vrai. Mais comme je te le disais, autant je déteste coller une étiquette aux enfants, sauf quand c'est nécessaire, autant je dois avouer que cette enfant a montré tous les symptômes classiques du profil passif-agressif[1].

Il protesta :

— Maman, quand une enfant dit « Je veux que cet entretien cesse », ça ne sonne pas passif pour moi, et « je préférerais ne pas » n'a rien d'agressif.

— Quoi qu'il en soit, Jacob, et malgré mon aversion pour les étiquettes, je suis persuadée que cette Bartleby

---

1. Trouble de la personnalité.

— comme tu l'appelles — est un cas d'école passif-agressif. Véritablement un cas d'école.

— Comment peux-tu affirmer cela d'une enfant de douze ans ?

— La mère de cette enfant est professeur de psychologie à l'université de Clarion, et la fille elle-même est une grande lectrice. Je ne serais pas surprise d'apprendre qu'elle a lu l'histoire de ce Bartleby.

— J'étais en faculté quand je l'ai lue, maman.

— Les enfants qui grandissent dans une université mûrissent très vite. Plus vite que la plupart des autres. Cela ne m'étonnerait pas qu'elle ait trouvé des renseignements sur la conduite passive-agressive dans un des livres de psychologie de sa mère.

— Maman, écoute-moi, je ne veux pas te heurter, mais je pense que tu devrais laisser tomber ton analyse du passif-agressif.

— Même si tu n'es pas d'accord avec moi, l'infirmière du camp l'est.

— Oh, maman ! s'exclama-t-il. Tu veux parler de Louise Starr ?

— Bien sûr.

— Qu'est-ce que notre grande spécialiste du comportement des enfants a conclu sur notre Bartleby ?

Même s'il voulait contrôler le niveau de sa voix, Jake pouvait s'entendre parler plus fort.

— Elle a rapporté que l'enfant est simplement non coopérative. Ce qui n'est qu'une façon démodée de dire passif-agressif.

Jake secoua la tête.

— Il me semble, Jake, que comme cet homme de loi dans *Bartleby*, tu as un peu de sympathie pour cette campeuse, cette Margaret Kane.

— Non, maman, lui répondit-il, je dirais que j'ai beaucoup de sympathie pour elle.

Sa mère reprit son châle, s'enveloppa dedans et quitta les lieux sans un mot.

Et voilà ! Il l'avait fait. Bien qu'il ait voulu être compatissant, bien qu'il n'ait pas souhaité attiser la flamme de sa colère, il y était parvenu. Mais il était en colère lui aussi. Anciennes : six ; nouvelles : deux. La cupidité devrait s'arrêter là où commence le bon sens.

Le jour où oncle Alex négocia notre retour en voiture à Epiphany, Mme Kaplan avait désigné quelqu'un de l'équipe des cuisines pour nous conduire. Mais Jake, qui faisait du rangement près du bureau et qui avait entendu la majeure partie de la conversation de sa mère avec oncle Alex, avait insisté pour que ce soit lui.

# Les tours et la ville

# 9

Jake et moi étions assis sur les marches du perron.
Nous regardâmes les tours, simplement, un long moment.
Puis je dis :

— C'est là que je voulais rester pendant le séjour de
mes parents au Pérou.

— Je comprends ça. J'aurais voulu rester ici aussi.

C'était le moment de l'année où les poivrons ventrus,
en forme de lanterne, pesaient lourdement sur leurs
tiges et les tiraient vers le bas.

— Oncle Morris fait pousser les poivrons et oncle Alex
les roses.

— Et les tours ? Qui a fait les tours ?

— Les deux. Ils les construisent depuis quarante-cinq
ans. Elles sont plus âgées que ma mère.

Je lui montrai du doigt l'espace en zigzag entre la troisième tour et la clôture.

— Il reste assez de place pour une quatrième tour.

Jake regarda en plissant les yeux dans la direction que je lui indiquais.

— Elle sera haute et fine, comme ça elle tiendra dans cet espace.

Il examina l'endroit comme pour visualiser la prochaine tour.

— La plupart des pièces sont prêtes. Elles se trouvent dans leur atelier au sous-sol.

Le regard de Jake allait vers le haut, le bas, faisait un mouvement circulaire, mais pas une seule fois il ne lâcha les tours des yeux. Il avait les coudes posés sur les cuisses et les mains jointes devant lui comme en prière. Il se concentrait sur la tour la plus proche.

— Et les pendentifs ?

— C'est oncle Alex qui les fait. Il utilise une meule pour façonner les pièces et une petite mèche pour les trouer afin de passer le fil de cuivre qui permet de les attacher. Oncle Morris perce les trous dans les tubes où ils doivent être suspendus. Ils ne parlent jamais de ce qu'ils entreprennent. Ils ne font que se disputer à ce sujet. Pour chacune des pièces. Oncle Morris va demander : « Tu la veux ici ? » et il indique l'endroit. Oncle Alex va se reculer, regarder en plissant les yeux le point que montre oncle Morris, et va dire : « Non, là » en montrant un point à environ deux millimètres du précédent.

« Tu le veux là ? » demandera oncle Morris. Ce à quoi oncle Alex répondra : « N'est-ce pas ce que je viens de dire ? » « Tu es sûr ? » insistera oncle Morris. « Parce qu'une fois que je l'aurai percé, je ne pourrai pas le *dé*percer. » Alors oncle Alex se reculera encore et ajoutera : « Si tu es si incertain, laisse-moi y réfléchir. » « Je ne suis pas incertain, c'est toi qui l'es. » Oncle Morris lèvera ses mains au ciel en s'écriant : « *Jaj, Istenem !* », ce qui signifie « Oh, Seigneur ! » — il n'arrête pas de le dire. Ils se chamaillent sans cesse. Ils vivent ensemble depuis que je les connais, soit à peu près toute ma vie, et ils se disputent depuis toujours comme ça. Ma mère dit que ça vaut le prix d'une place d'opéra de les regarder un jour « d'accrochage de pendentifs ». Elle adore les tours. Et moi aussi.

— Il faudrait être une âme insensible pour ne pas les aimer.

— C'est le cas de mon père.

— Je ne voulais pas...

Jake était embarrassé.

— Il n'y a pas de problème. C'est mon père et mes oncles qui ont des problèmes.

Mon père pensait que construire des tours avec des pendules qui ne donnaient pas l'heure était un gaspillage de temps. Il avait été soulagé autant que j'avais été blessée quand mes oncles n'avaient même pas insisté pour me garder avec eux. Il s'imaginait qu'après quatre semaines passées chez eux, je ne me rappellerais jamais plus d'éteindre la lumière en sortant d'une pièce et ne serais plus jamais à l'heure. Il se plaignait de ce que mes oncles oubliaient invariablement ce qu'ils avaient fait de leurs clés, de leurs factures, de leurs bulletins de salaire ou de leur temps. Surtout de leur temps. Or être à l'heure était une religion pour papa.

Mon père parlait du temps comme d'une conception, et la seule définition du mot *conception* que je connaissais signifiait qu'il était celui qui avait engendré le temps. Il était mon père, et il était aussi le Père du Temps. Il avait toujours peur de le gaspiller ou d'en manquer. Il craignait surtout de perdre son temps. Quand j'étais petite, je pensais qu'un jour je trouverais une image du Temps perdu de son enfance sur un carton de lait. Pour papa, le temps était fait pour être économisé. Or il l'économisait tant qu'il pouvait. Il n'a jamais dit ce qu'il faisait de tout ce temps, mais personne ne le lui a jamais demandé, parce que les gens admirent toujours ceux qui gagnent du temps.

Pour mes oncles, le temps était là pour être dépensé.

Quand quelqu'un demandait à mon père — et je détestais cela — ce qu'il pensait des tours, il répondait que non seulement elles étaient « inutiles, superflues, une suprême perte de temps », mais aussi « un gaspillage d'argent extravagant ».

La position de ma mère était : « Extravagantes ? Oui, les tours sont extravagantes, en quoi est-ce un gaspillage d'argent ? De temps à autre, on doit faire quelque chose parce qu'on en a envie tout simplement, juste parce qu'il nous semble que ça en vaut la peine. Et cela ne le dévalorise pas pour autant ni n'équivaut à une perte de temps. C'est vrai, les tours ne servent à rien. On ne peut pas s'y abriter. Sous la statue de David non plus. Elles ne soutiennent pas de fils téléphoniques. La Tour Eiffel non plus. Et la rosace de Notre-Dame ne laisse pas passer assez de lumière pour permettre de lire les petits caractères d'imprimerie. Mais, selon moi, ça ne les rend pas inutiles ni superflues pour autant. Les tours sont là tout bonnement parce qu'elles en valent la peine. Mon monde serait moins beau et beaucoup moins drôle si elles n'y étaient pas. »

Le sens de la loyauté qui me restait vis-à-vis de mon père me retint de raconter tout cela à Jake. Je lui demandai plutôt :

— Jake, avez-vous déjà vu les rosaces de Notre-Dame ?

— Non.

— Elles sont en verre, n'est-ce pas ?

— Oui, les fenêtres le sont en général.

*Les fenêtres le sont en général.* Bien sûr que les fenêtres sont en verre ! Gênée au plus haut point, j'étudiai Jacob Kaplan. Maintenant que j'étais certaine qu'il ne souffrait ni d'X fragile ni d'Asperger, je me demandais s'il n'avait pas un problème avec le sarcasme. Le sarcasme chronique pouvait être le symptôme d'un syndrome dont je ne savais rien.

Il ajouta :

— Mais j'ai vu des photos des rosaces de Notre-Dame dans mon livre d'histoire de l'art.

Il n'était pas sarcastique. Pas du tout !

— J'ai toujours rêvé d'avoir une fenêtre en rose, confessai-je.

— Attention, ce n'est pas une rose en verre, m'expliqua-t-il. Les nervures, les pierres ornementales qui soutiennent les verres colorés s'ouvrent juste comme les pétales d'une rose. C'est pour cela qu'on les appelle des rosaces.

— Si le verre coloré n'est pas une rose, qu'est-ce que c'est ?

— Eh bien souvent c'est une image. À Notre-Dame, la plus grande rosace représente la Vierge, **qui** est « Notre-Dame », entourée par des figures de l'Ancien Testament.

Je réfléchis.

— Les figures de l'Ancien Testament conviendraient, mais pas Notre-Dame. Mes oncles sont juifs.

— Comme mon père, dit Jake.

— Vraiment ? Je suis juste le contraire. J'ai une mère juive et un père presbytérien.

— Enfin, je ne dirais pas que nous sommes contraires, mais plutôt que nous sommes tous les deux moitié-moitié, comme les reflets inversés d'un miroir.

Cette remarque m'enchanta, je ne voulais rien y ajouter, alors je me tus. Puis j'ajoutai quand même :

— Je pensais que les rosaces étaient des vitres de rose. C'est ce que j'ai toujours voulu : une fenêtre de rose. Rose est mon second prénom.

— Je sais.

— C'est aussi le nom de mes oncles.

— Je sais.

— Mes oncles n'ont jamais eu d'enfants, et ils ne veulent pas que Rose meure.

— Moi non plus.

Il ne dit plus rien pendant une minute. Il étudia les tours, puis il se tourna vers moi :

— Vous pourriez avoir une rosace au plafond, Margaret.

J'avais entendu parler du *plafond de verre* : c'était le seuil discriminatoire qui empêchait les femmes d'atteindre les postes à haute responsabilité.

— Pas en verre, n'est-ce pas ?

— Non, pas en verre. Peinte. Je pourrais peindre une rosace sur votre plafond. Une rosace géante qui le couvrirait tout entier. De la façon dont je peignais mes panneaux d'affichage.

Je soupirai profondément et dis :

— Un plafond avec une rose en rosace, j'en ai toujours rêvé.

— Alors vous l'aurez, s'exclama-t-il avec emphase. Ce sera une rose en rosace. Elle sera peinte dans de multiples nuances de rose passionné.

*Dans de multiples nuances de rose passionné.* C'était encore plus que je n'en espérais.

— Mais j'aurai besoin d'un échafaudage.

— Mes oncles vous en fabriqueront un. Ils ont assez de tubes dans leur sous-sol pour vous bricoler celui que vous voudrez.

Je savais sans avoir à leur poser la question que si je demandais à mes oncles de monter un échafaudage pour me permettre d'attraper la lune, ils s'étonneraient seulement que je ne l'aie pas déjà fait.

— Je commencerai cette semaine. Mon jour de repos est le mercredi. Je viendrai donc tous les mercredis jusqu'à ce que ce soit fini.

Je répondis :

— Je ne voudrais pas que vous renonciez à votre jour de repos pour ça.

En fait, je ne détestais pas du tout l'idée qu'il vienne place Schuyler peindre mon plafond. Au contraire, je trouvais ça génial !

Jake répliqua :

— Je n'y renoncerai pas, je le remplirai.

J'aurais voulu lui sauter au cou et l'embrasser, et je l'aurais sans doute fait si je n'en avais pas eu si follement envie.

# 10

Nous dînâmes dans la cuisine. Aussi loin que je m'en souvienne, mes oncles ne prenaient jamais leurs repas dans la salle à manger. Alors tous les quatre nous nous serrâmes autour de la vieille table au plateau émaillé. Nous étions assis sur des chaises pliantes en bois qui n'étaient plus fabriquées depuis l'invention du plastique. Les lattes étaient éraflées, et leur couleur jaune s'était patinée en virant au jaune moutarde. Mais ils avaient mis une nappe en lin sur la table. Les serviettes aussi étaient en lin. La vaisselle en porcelaine, les verres en cristal ; et les couverts en argent. Les mets étaient servis dans des soupières et des plats anciens de famille, et présentés avec le panache qui aurait fait la fierté de n'importe quel quatre étoiles à Epiphany, à supposer qu'il y en ait un.

Jake était impatient d'en savoir plus sur les tours. Il commença par demander quand avait débuté leur construction.

Morris était ravi qu'il ait demandé *quand* et pas *pourquoi*. Il n'y avait pas de *pourquoi*.

— Il y a longtemps, lui répondit-il. J'ai commencé peu après que nous avons acheté la maison.

— C'était une maison de verre, dit oncle Alex.

— Une maison de verre en bois ? demanda Jake.

— Une maison de verre parce qu'elle a été construite par les Verreries Tappan.

Oncle Morris dit :

— Je n'ai pas entendu ce monsieur demander qui avait construit la maison. Il me semble que je l'ai entendu demander *quand* nous avons commencé les tours.

Avec un air penaud, oncle Alex se reprit :

— C'est vrai. Il a demandé quand.

— Puis-je continuer ?

— Tu peux, je t'en prie.

— Puisque tu m'en pries, s'agaça oncle Morris en jetant un coup d'œil appuyé à son frère. J'ai donc commencé peu après que nous nous sommes installés dans la maison. Wilma, ma femme, venait de mourir. Je voulais faire quelque chose. Je ne savais pas quoi. Je savais seulement que ce ne serait pas petit comme une montre ou exact comme une pendule. Alors, un jour, j'ai commencé.

Ce que je construisais ? Je n'en étais pas sûr. J'avais bien une idée, mais pas de plan ; ainsi, avant même que je décide de ce que j'étais en train de réaliser, j'ai trouvé. Je construisais des tours. Elles le sont devenues en poussant.

## La maison de verre

Comme toutes les maisons construites dans le quartier, celle du 19, place Schuyler appartenait aux Verreries Tappan. La société les louait à ses ouvriers jusqu'à ce que l'usine soit installée de l'autre côté du lac. Les maisons avaient alors été vendues. Ainsi que mes oncles, la plupart des gens qui les avaient achetées étaient des immigrants pour lesquels devenir propriétaire équivalait à posséder un bout d'Amérique.

Chaque maison était haute, étroite, et faisait directement face à la rue. Chacune était dotée d'un porche de devant avec quatre marches qui permettaient d'y accéder, d'une boîte aux lettres accrochée au mur près de la porte d'entrée, et d'un casier métallique posé sur le sol du porche, près des marches. Le laitier y livrait le lait dans des bouteilles en verre qu'il rangeait à l'intérieur, et les facteurs portaient de lourdes besaces en cuir qu'ils allégeaient, lettre après lettre, en montant puis en descendant la volée de marches de devant.

Les voisins s'entraidaient en se rendant ces petits services que les voisins se rendent de façon amicale. Ils gardaient mutuellement

*leurs clés, s'empruntaient des tasses de sucre et partageaient des*
*gâteaux, des ragoûts et les produits de leur jardin.*

*Ils s'appelaient Monsieur et Madame.*

*M. et Mme Bevilaqua vivaient au 17, place Schuyler, et*
*M. et Mme Vanderwaal habitaient le 21.*

Alex poursuivit :

— Nous avions autrefois une bijouterie en ville, juste
à un bloc de la Grand-Place. Notre magasin s'appelait
Bi-Rose. Nous aimions ce nom. C'était un jeu de mots
en anglais, Bi cela veut dire deux et c'est aussi un homo-
nyme de BUY, acheter, et de BY, par.

Morris pointa le menton en direction de son frère.

— Celui-là s'occupait du cristal et de la porcelaine.
Nous faisions des listes de mariage. Je m'occupais de la
bijouterie fine et des montres.

Alex ajouta :

— Les affaires, chez Bi-Rose, étaient très personnelles.
La moitié des bagues de fiançailles en diamants et des
services de porcelaine vendus à Epiphany venait de chez
nous. C'était comme ça, avant les magasins discount
et les cartes de crédit internationales. Les choses étaient
personnelles. Si un client n'était pas satisfait, c'était
à nous qu'il s'en plaignait, pas à son avocat. Des gens qui
étaient nos amis et nos voisins étaient aussi nos clients.
À l'époque du magasin, la même personne pouvait être
les trois à la fois : un ami, un voisin et un client.

— La ville était florissante, dit oncle Morris.

— Les affaires marchaient bien chez Bi-Rose. Très bien même. Morris avait un atelier de réparation de montres à l'arrière du magasin. Les gens de presque tout le comté de Clarion lui apportaient leurs montres à réparer. Et puis il y avait les pendules.

— Je réparais les grosses horloges, expliqua Morris. Celles fixées aux murs des immeubles, ou sur les clochers ou au coin des rues. Je suis allé dans le Maine et dans le Tennessee, et même une fois à Des Moines, dans l'Iowa, pour installer une horloge sur la tour d'une banque. Aujourd'hui, les banques ne ressemblent plus à des banques, mais à des bungalows, avec des parkings souterrains. On ne pose pas une horloge sur un bungalow.

— Mon frère peut aussi réparer des carillons, renchérit Alex, un savoir-faire qui s'est perdu.

Il étudia Jake une minute.

— Pour un jeune homme comme vous, il est sans doute difficile d'imaginer qu'à l'époque les gens comptaient sur les pendules publiques pour avoir l'heure. Et avant elles, il y avait les sifflets des usines et les carillons des églises. Le temps se mesurait en matinées, en après-midi et en soirées. Il n'y a encore pas si longtemps, son fractionnement en quarts d'heures suffisait pour mesurer presque tout, et la grande aiguille convenait très bien pour les œufs à la coque.

— Quant à l'invention de la trotteuse c'est une forme de persécution, dit Morris.

Jacob rit.

— Que pensez-vous des nanosecondes ?

— Inutiles ! Vous n'avez même pas le temps de dire nanoseconde en une nanoseconde. Est-ce qu'un cheval peut gagner une course d'une tête et une nanoseconde ?

Jake approuva.

— En une nanoseconde, puis-je seulement dire à notre petite Margaret Rose que nous sommes heureux qu'elle soit revenue ici avec nous ? demanda oncle Morris en se penchant pour me tapoter la main.

— Comment avez-vous trouvé le temps de fabriquer les tours ? demanda Jake.

— En n'étant pas pressés, répondit Alex. C'est comme ça qu'on le trouve.

Oncle Morris éloigna sa chaise de la table pour se lever et s'en alla préparer le café. Il moulut les grains, remplit le filtre, puis le noya d'eau bouillante. Comme dans l'ancienne cérémonie japonaise du thé, aucune étape du rituel ne devait être précipitée. En attendant, je sortis de table à mon tour pour laver les assiettes du dîner. Jake se leva aussi.

— C'est mon job ! lui dis-je. Vous, vous devez rester tranquillement assis pendant que mes oncles préparent le café et le dessert, ou bien ils vont croire que vous êtes pressé. Mes oncles sont contre le fait d'accélérer une quelconque partie du dîner.

Tandis qu'il disposait les tasses et les soucoupes, oncle Morris dit :

— Mon frère Alex ne m'a jamais demandé ce que je faisais. Pas une seule fois. Ce qu'il faisait, ce que je faisais, nous ne l'évoquions pas.

— Même quand nous avons creusé les fondations de la première tour, renchérit Alex, même quand nous avons planté les premiers piliers, nous n'en avons jamais parlé.

Morris ajouta :

— Pendant la Seconde Guerre mondiale, nous ne pouvions pas construire beaucoup parce que le pays avait besoin de tous les morceaux de métal pour l'effort de guerre. Alors, un jour, Alex a commencé à faire des pendentifs. Au début, ils provenaient de la porcelaine et du cristal cassés que nous avions au magasin. Ça a été la même chose avec les pendentifs qu'avec les tours. Mon frère m'indiquait un point, je savais quoi faire. Sans discussion, je devinais ce qu'il voulait. Je perçais un trou, et nous suspendions un pendentif.

Alex précisa :

— Sans répétition préalable.

— Quand il a eu fini d'utiliser les pièces brisées que nous avions au magasin, il a commencé à acheter du verre et des bouteilles aux puces.

— Le Noxzema, un médicament, était vendu dans d'assez jolis bocaux en verre bleu, commenta Alex. Le lait de magnésium Phillips aussi. Ils utilisent du plastique bleu, maintenant. Mais la majeure partie du verre bleu que vous voyez provient de ces vieux bocaux. J'aime mélanger les couleurs, le verre et la porcelaine aussi, avec les parties métalliques des pendules anciennes de Morris.

— Je conservais ce qui restait, dit Morris. Les mécanismes usés et les roues des balanciers, il y avait même parfois des carillons.

— Dans une pendule, il y a une partie qu'on appelle une *roue de secours*. Elle est ronde et en dents de scie, j'aimais beaucoup quand Morris m'en apportait une. J'en faisais un objet séduisant.

— Et tu n'aimais pas quand je rapportais des ressorts de balancier ?

— Bien sûr, j'adore les ressorts de balancier.

Alex se tourna vers Jake en l'implorant :

— M'avez-vous entendu dire que je n'aimais pas les ressorts de balancier ?

Jake ne savait pas s'il devait répondre oui ou non. Au lieu de quoi, il dit :

— Le mélange est réussi. Ça me plaît beaucoup.

Morris haussa les épaules.

— Les roues de balancier, il les attachait avec du fil de fer, puis il les suspendait aux tours comme des boucles d'oreilles.

Alex acquiesça.

— Oui, j'aime beaucoup les boucles d'oreilles.

— Les accrochiez-vous de telle façon que certaines se heurtent entre elles comme dans les carillons à vent ?

Alex prit un air lointain.

— Elles chantent, vous savez. Quand le vent souffle, les tours chantent. Le vent décide du ton. Quand il souffle fort, les plus lourdes jouent dans les basses et rivalisent avec le cristal, qui sonne comme une soprano.

Il sourit pour lui-même.

— C'était voulu, ou bien était-ce un heureux accident ? demanda Jake.

Alex fit son haussement d'épaules « vieille Europe ».

— La réponse est oui et non. C'est juste arrivé ; c'était fait pour ; c'était un accident ; c'était prévu. Peut-être qu'un accident a conduit à une forme d'organisation ? Peut-être que l'accident faisait partie d'un plan plus vaste. Qui sait ?

Oncle Morris ajouta :

— Le Noxzema est joli, mais il fait un son de guimbarde. Vous feriez mieux de ne pas écouter le Noxzema ni le lait de magnésium.

## La ville était florissante

*Après la guerre, les vétérans rentrèrent, les inscriptions à l'université explosèrent, et la population aussi. Margaret Rose Landau donna naissance à ma mère, Naomi. Mme Bevilaqua donna naissance à Loretta, et Mme Vanderwaal eut Peter.*

*Les vétérans qui rentraient de la Seconde Guerre mondiale se mariaient, et la bijouterie Bi-Rose vendait beaucoup de bagues de fiançailles et de cadeaux de mariage, des rangs de perles que le futur époux offrait à sa jeune fiancée, et des montres que la jeune mariée offrait à son jeune mari.*

– Après la guerre, Morris a repris ses voyages pour réparer les horloges des villes. C'était l'époque où nous pouvions compter sur notre sœur, Margaret, pour nous aider au magasin. Elle ne savait pas réparer les montres, il n'y avait que Morris qui savait le faire, mais Margaret connaissait la qualité, et la manière d'être aimable avec les clients. Nous pouvions toujours compter sur elle.

– Quand notre sœur était encore là, nous n'avions pas besoin d'une Helga ou d'un garçon tatoué, dit Morris.

– Il y avait une fille qui avait un tatouage, dans mon bungalow au camp, ai-je glissé.

Oncle Morris fut choqué.

– Une fille de ton âge ?

J'approuvai. L'air peiné, oncle Morris dit à Jake :

— Jusqu'à ces dernières années, je ne connaissais personne qui avait un tatouage, à part les survivants des camps de concentration. Et ce n'était pas décoratif. C'étaient des chiffres. Des numéros d'identification. Les nazis réduisaient les gens à des numéros.

Il secoua la tête tristement.

— Mais aujourd'hui, ces gamins se décorent les bras et je ne sais quoi d'autre...

Il me regarda.

— Les fesses, dis-je. Ashley avait un tatouage sur les fesses.

Oncle Alex fit un grand sourire.

— Et qui représentait quoi ?

— Une rose, répondit Jake.

— Vous l'avez vue ? lui demandai-je, interloquée.

Jake sourit.

— Bien sûr. Chaque fois qu'elle se mettait en bikini. Si elle ne voulait pas que les gens le voient, elle aurait dû le faire faire sous la ligne du maillot de bain.

Oncle Morris secouait la tête. Jake s'éclaircit la gorge et changea de sujet.

— D'où viennent les cadrans de pendules ?

Oncle Alex expliqua :

— Ils ont été sauvés. Récupérés sur les grandes pendules qu'on démolissait pour cause de ré-urbanisation. Dans les années 70, c'était le grand boom de la rénovation urbaine. À la suite des émeutes dans les centres des grandes villes, le gouvernement a essayé de faire le ménage. On démolissait des blocs entiers de vieux immeubles. Le marbre disparaissait, les briques tombaient. Tout ce qui était vieux dégringolait. De grands buildings en verre sortaient de terre. Et des parkings. Pour que les gens aient une place où garer leur voiture quand ils la prenaient pour venir travailler de leurs banlieues. Ils ne restaient pas en ville plus longtemps que nécessaire. Ils faisaient leur travail, puis repartaient avec leur voiture dans leurs banlieues.

Morris ajouta :

— On ne met pas de grosses horloges fantaisie sur des murs en verre. J'ai pris toutes les pendules dont personne ne voulait plus. Nous avons placé les cadrans au sommet des tours. Les pendules venaient de partout. Il n'y en avait pas deux semblables.

Alex rit.

— Elles ne font pas la paire et elles ne donnent pas l'heure non plus.

Jake fit observer :

— On ne peut pas en voir deux en même temps, de la façon dont elles sont disposées.

— Peu de gens le remarquent, dit oncle Alex.

Il se leva à son tour et annonça :

— Ce soir, nous aurons le dessert favori de Margaret.

Nous le regardâmes battre la crème avec un fouet métallique, puis mettre le bol au frigidaire. Il en sortit un rouleau de gâteau aux marrons, il trempa un couteau dans l'eau chaude avant d'en découper quatre tranches, qu'il déposa avec soin dans des coupelles avant de les remettre au frais, prit une barquette de glace à la vanille au freezer, en disposa soigneusement deux boules dans les coupes, sur lesquelles il fit tomber une pluie de sauce chocolatée, le tout suivi par une bonne cuillerée de crème fouettée. Avant de me donner ma coupe, il fit tinter une petite cuillère sur un verre, puis il leva le verre bien haut en déclarant :

— Bienvenue à la maison, *édes* Margitkam.

— Qui est-ce ? demanda Jake.

— C'est moi, répondis-je.

— C'est ma douce Margaret, dit oncle Alex.

— La mienne aussi, ajouta oncle Morris.

Jake me regarda.

— Je n'en étais pas aussi sûr il y a encore vingt-quatre heures, maintenant je le suis.

Mon dessert préféré se doit d'être mangé lentement. La meilleure façon de ralentir, c'est de lécher la cuillère chaque fois pour la garder propre, et de bien répartir la crème fouettée, la glace et la crème de marron pour que les goûts se mélangent. Lécher la cuillère et doser les ingrédients vous permet de savourer chaque bouchée.

Oncle Morris servit le café.

Jake en prit une gorgée, puis il dit :

— Je pourrais me pâmer. La seule chose qui me ferait me sentir encore un petit peu mieux serait que vous me permettiez de fumer un cigare.

— Allez-y.

Jake sortit deux cigares de la poche de devant de sa salopette.

— En voulez-vous un ?

Oncle Morris se joignit à lui, pas oncle Alex.

Après deux très longues aspirations, Jake demanda :

— Pourquoi les avez-vous peintes ? Est-ce pour les protéger ?

Oncle Alex haussa les épaules à sa manière « vieille Europe ».

— Elles ne rouillaient pas. C'est de l'acier inoxydable, et les filins sont en cuivre.

— Vous vouliez peut-être passer au niveau supérieur ? suggéra Jake.

— Je ne sais pas, ce dont mon frère avait besoin c'était d'exagération, répondit oncle Morris.

— C'était peut-être le temps du rock'n roll, dit Jake.

Oncle Alex sourit.

— Peut-être. C'est peut-être la bonne façon de voir les choses. Mais il est vrai aussi que les affaires ralentissaient de plus en plus. Nous avions plus de temps. Beaucoup plus.

Il ajouta :

— La première fois que nous n'avons plus eu de peinture, nous avons essayé de retrouver la même couleur, mais c'était impossible. Celle qu'on achetait ne correspondait jamais à la première. Comme nous ne savions absolument pas combien il nous en fallait, il nous manquait toujours une couleur ou une autre, alors nous les mélangions pour en créer de nouvelles. À la fin de l'été, le soleil avait terni les tonalités les plus brillantes, et les couleurs n'étaient jamais tout à fait assorties.

— C'est très intéressant, dit Jake. Cela explique le motif de camouflage.

— Ça ne vous plaît pas ? demanda oncle Morris.

— Oh, si, ça me plaît. Ça me plaît beaucoup. Je ne voulais pas dire que je n'aimais pas.

— Les gens ne disent pas « intéressant » quand ils apprécient vraiment quelque chose, remarqua Morris. C'est ce qu'on dit quand on aime modérément quelque chose, mais qu'on n'ose pas le dire.

— Je voulais dire que *la façon dont c'est arrivé* est intéressante.

— Voulez-vous que je vous raconte ce qui s'est passé au printemps dernier ? demandai-je à Jake.

Il acquiesça.

— Eh bien, le printemps dernier, mes oncles m'ont laissée mélanger un lot de peintures, alors j'ai ajouté un peu de ci et un peu de ça et cela s'est terminé par une couleur orange pâle proche du pêche dans la pénombre et de l'abricot en plein soleil. Il n'y avait aucune couleur semblable sur les tours.

— C'était extraordinaire, ajouta oncle Alex. Comme un sorbet à l'orange.

— C'était unique. Pas intéressant. C'était décoratif. Très beau, *très* beau, renchérit oncle Alex.

— Il nous restait de la peinture, alors nous avons utilisé le sorbet orange de Margitkam pour l'entretien tout l'été dernier, dit oncle Alex.

— Cette année, je devais associer citron et citron vert, dis-je, mais je suis partie au camp.

À ce moment-là, j'ai compris que je pourrais aider à peindre pendant mon séjour.

— Je peux mélanger le citron et le citron vert, maintenant. Nous aurons finalement notre cocktail de fruits.

— Nous verrons, Margitkam, dit oncle Alex sans me regarder. C'est déjà très artistique.

— Arrête, fit sévèrement Morris à son frère.

Puis, adoucissant sa voix, il me dit :

— C'est très artistique même sans le citron et le citron vert, *édes* Margitkam. Très artistique.

# Le ralentissement des affaires

*Le Fivemile Creek Mall, un grand centre commercial de la région, chauffé en hiver et avec l'air conditionné en été, ouvrit en 1965. Il se trouvait à la limite du comté, loin du centre-ville, mais il disposait d'un millier de places de parking.*

*Osmond, le grand magasin du centre-ville, déménagea là-bas. Halley, le magasin de bricolage, intégra la chaîne Bricolage n° 1 et partit s'installer dans un centre commercial le long de la route nationale. Le drugstore est devenu un Walgreens et a suivi l'exode. Le Tivoli, un vieux cinéma avec des chandeliers, une scène et un balcon, a essayé de tenir en se transformant en une salle de moins bonne qualité à un dollar, mais il a fini par fermer.*

*Le centre-ville était déserté après les heures de travail.*

*Les gens étaient impatients de quitter le quartier. Les Vanderwaal sont partis, les Bevilaqua aussi. Ceux qui n'arrivaient pas à vendre leur maison la louaient, la plupart du temps à des étudiants de l'université de Clarion, pour qui ces petits loyers étaient une aubaine.*

Jake demanda :

— Et la bijouterie Bi-Rose ?

— Nous ne l'avons plus, répondit Morris, abruptement.

Oncle Alex expliqua :

— Les clients avaient tous migré vers les banlieues. Ils devaient venir chez nous en voiture, et il y avait peu de places de stationnement. Les gens n'étaient pas sûrs de pouvoir se garer aussi facilement qu'au centre commercial. La bijouterie Bi-Rose ne travaillait plus assez pour payer le loyer.

— Nous l'avons gardée jusqu'en 1970, l'année où notre sœur est morte.

— Ensuite, nous avons fermé.


## Nous avons fermé

*Quand la faculté du comté de Clarion est devenue l'université du comté de Clarion, des dortoirs supplémentaires ont été construits, ainsi que des appartements pour les étudiants mariés et même une nurserie pour ceux qui avaient des enfants. Les maisons autour de la place Schuyler se sont vidées. Les étudiants qui y vivaient s'y étaient plus amusés qu'occupés de leur entretien, aussi étaient-elles en mauvais état quand elles se sont retrouvées sur le marché de la location. Le quartier, de mal entretenu, devint infréquentable. Le jour, les rues se vidaient de leurs habitants et se remplissaient de détritus. La maison des Bevilaqua fut la première condamnée. La nuit, les vagabonds brisaient les vitres des fenêtres et se mettaient à l'abri dans les pièces vides.*

*Morris et Alex s'étaient débarrassés de leur boîte aux lettres. Ils n'avaient plus qu'une fente dans leur porte d'entrée. Quand on devait leur livrer un paquet, le postier y glissait un avis jaune, et Morris devait aller à la poste pour le récupérer.*

*Personne ne venait plus dans le coin, sauf s'il y était obligé.*

— Mais vous êtes restés, dit Jake. Je sais que les tours ont dû...

Oncle Morris l'interrompit.

— La vérité, c'est qu'après avoir payé nos dettes, nous ne pouvions pas nous permettre de déménager.

— Quand nous avons fermé le magasin, nous avons monté notre commerce ici, à la maison. Nous utilisions la salle à manger. Morris avait son atelier de réparation de montres près de la fenêtre de devant. J'avais une petite affaire de porcelaine ancienne, de verre et d'argent. Toute ma marchandise tenait dans une mallette de présentation. J'exécutais aussi des commandes particulières pour les gens qui ne trouvaient pas le modèle qu'ils recherchaient. Nous avions mis une petite enseigne *Bijouterie Bi-Rose* à l'extérieur.

— Une erreur, ajouta Morris. Ce n'était pas une publicité, mais une invitation.

— Nous avons été cambriolés trois fois, non, quatre...

— Quatre fois en un an et demi. Tous les six mois...

— ... comme un mouvement d'horloge, termina oncle Alex, et les deux frères se regardèrent et se mirent à rire.

Toujours en riant, oncle Alex dit :

— Nous sommes des victimes professionnelles. La première fois que nous avons été volés, les gens ont perdu les montres dont ils avaient hérité et qu'ils avaient portées à réparer. Après ça, nous avons caché le bon matériel et laissé au coffre de la camelote. De l'argent aussi, pour qu'ils puissent s'en aller avec un peu de liquide. Mais surtout de la pacotille.

Alex s'essuya les yeux et demanda à son frère :

— Te souviens-tu de la fois où ce voleur a laissé tomber la coupe de cristal Daum ?

— Si je me souviens ? Et comment, que je me souviens ! répondit oncle Morris.

Il regarda Jake.

— C'était une pièce magnifique. Du verre ambré. Très ancien. J'ai demandé au voleur de bien vouloir nous laisser les morceaux. Il les a ramassés et s'est coupé. Ça l'a rendu furieux. Il m'a frappé sur la tête et m'a assommé.

Oncle Alex poursuivit :

— À partir de là, nous nous sommes équipés de menottes, de chaussettes et de cordelettes. Il nous a semblé que si nous étions ligotés, les voleurs se sentiraient en sécurité et ne nous taperaient pas dessus. Nous ne voulions pas les énerver. Un voleur énervé est un voleur dangereux.

— Les chaussettes propres, c'était pour éviter qu'ils nous bâillonnent avec un chiffon crasseux. Comme ça, nous pouvions donner la combinaison du coffre avec un bâillon propre sur la bouche.

Les deux frères se regardèrent et éclatèrent de rire à nouveau.

Jake leur demanda s'ils avaient déjà réussi à attraper l'un des voleurs.

— Ouais. Ces gamins qui ont cassé la coupe en cristal Daum. Ils ont laissé des empreintes sanglantes, et ils ont eu un procès-verbal.

— Qu'est-ce qui leur est arrivé ?

— Ils ont passé quelques mois en prison, mais nous n'avons pas récupéré notre marchandise, répondit Alex. Et pendant que nous étions en train de témoigner au tribunal...

Il commença à pouffer, et oncle Morris aussi. Dès que l'un se calmait, l'autre repartait de plus belle, et ainsi de suite. Nous les regardions, Jake et moi, comme s'il s'agissait d'un match de tennis, et très vite nous nous mirent à rire nous aussi. Même si nous ne savions pas pourquoi, nous ne pouvions pas nous en empêcher. Finalement, entre deux quintes, oncle Alex réussit à dire :

— Pendant que nous étions au tribunal, nous avons encore été cambriolés.

Et oncle Morris retrouva suffisamment de souffle pour ajouter :

— Comment auraient-ils pu rater une occasion pareille ?

— Les policiers nous ont laissé récupérer les morceaux quand ils en ont eu fini. Je peux vous montrer les pendentifs en cristal Daum, si vous voulez, proposa oncle Alex.

Il sourit en ajoutant :

— Ce sont les seules parties des tours qui appartiennent à l'Histoire.

— Ce qui est très curieux, dit Morris, c'est que même après que le quartier est devenu dangereux et que nous avons été cambriolés régulièrement, personne n'a jamais abîmé les tours. C'est drôle, n'est-ce pas ?

— Je pense que c'est un hommage, dit Jake. Léonard de Vinci n'a pas échappé non plus au vandalisme. Son étude de cheval pour le duc de Milan a été prise pour cible d'entraînement par les soldats français qui ont conquis Milan.

Jake regarda par la fenêtre. Il faisait trop noir pour voir quoi que ce soit, mais il dit quand même :

— Ça paraît être un joli quartier, maintenant. J'ai remarqué que les maisons de chaque côté viennent d'être repeintes. Les jardins ont l'air entretenus, ainsi que les trottoirs. Tout paraît bien réparé.

— Pas réparé, corrigea Morris, ne dites pas *réparé* mais *restauré*.

Il posa son index sur sa bouche.

— Et n'appelez pas ça le *renouveau urbain*. Les pères de notre ville nous l'ont clairement fait comprendre. La rénovation urbaine aurait consisté à démolir tous les anciens immeubles pour en bâtir de nouveaux, plus grands et plus hauts. Maintenant, ils disent qu'ils préservent le passé. Ils appellent ça *réaménagement*.

Oncle Alex expliqua :

— Le quartier a été officiellement reconnu comme historique et *charmant*.

Oncle Morris dit :

— Je crache sur *charmant*.

Oncle Alex précisa :

— Les frères Rose vivaient dans un quartier. Maintenant, nous habitons la vieille ville.

## Appelez ça le réaménagement

*Quand le voisinage de la place Schuyler s'est dégradé, les responsables de la ville ont créé le Fonds pour la vieille ville historique. C'était une importante somme d'argent gouvernemental mise de côté dans le but d'accorder des prêts aux gens qui voulaient acheter des immeubles branlants pour les restaurer. Le quartier de mes oncles s'est porté candidat.*

*La ville a acheté les vieux bâtiments du grand magasin Osmond pour les transformer en bureaux du gouvernement. Ils ont fermé la rue Summit et l'ont rendue piétonnière.*

*Proche de la mairie et des bureaux du comté, la vieille ville était un bon emplacement pour que de jeunes professionnels, surtout des avocats, installent leurs cabinets. Les maisons étaient abordables, et avec l'argent du fonds, ils obtenaient des prêts à taux bas pour les réhabiliter en bureaux équipés de toutes les installations électriques et de la plomberie moderne nécessaires. La seule chose qu'ils avaient à faire, c'était d'accepter la réglementation sur le respect de l'intégrité historique de la vieille ville. Ils pouvaient restaurer, mais non modifier les façades de leurs maisons, et ils devaient utiliser des couleurs autorisées pour les repeindre. Dans ce vaste projet, l'argent du fonds pouvait également être utilisé pour paver les allées et peindre les parkings.*

— Nous avons fait un petit emprunt à la banque pour ouvrir la Zone Temps —, un kiosque au rez-de-chaussée du centre commercial de Fivemile Creek.

Morris expliqua :

— La plupart des montres et des pendules modernes ont besoin de piles, pas d'un horloger. Plus rien ne fait tic-tac. Les gens n'aiment pas ça. Un ronronnement est acceptable, mais pas un tic-tac. Les gens aiment le digital. Avec le digital, les enfants n'ont même pas besoin d'apprendre à lire l'heure.

Il fit une grimace.

— Je crache sur le digital.

Alex ajouta :

— Nous vendons des bracelets, des piles et ce qu'on appelle des montres fantaisie pour payer le loyer. Et des *occhiali antisole*.

— Oh, oui ! Il ne faut pas oublier les lunettes de soleil, dit oncle Morris.

Même le bout de ses moustaches s'affaissa.

— Ici, dans la vieille ville, dans la rue piétonnière où se trouvait la bijouterie Bi-Rose, les magasins qui vendaient autrefois des biens et des services proposent maintenant des breloques et du café à trois dollars la tasse — et il en existe à peu près autant de variétés qu'Heinz a de ketchups.

— Il n'y a qu'une seule variété de ketchup chez Heinz, fit remarquer oncle Alex.

— Il y en a cinquante-sept. N'importe quelle bouteille de ketchup précise « Les cinquante-sept parfums de Heinz ».

— C'est ça, cinquante-sept parfums.

— Et ce n'est pas du ketchup Heinz ?

— Bien sûr qu'Heinz c'est du ketchup. Tout le monde sait qu'Heinz veut dire ketchup.

— Est-ce que cela veut dire aussi cinquante-sept parfums ?

— Certes. C'est leur marque de fabrique. Mais soit tu as du ketchup Heinz, soit tu as cinquante-sept autres variétés Heinz.

— Si tu insistes.

— J'insiste.

— Puis-je poursuivre ? demanda oncle Morris.

Oncle Alex approuva de la tête et marmonna :

— Un seul et unique ketchup.

Oncle Morris le fusilla du regard et dit :

— Je continue, avec ta permission.

Oncle Alex lui rendit son regard avant de poursuivre.

— Là où se trouvait la bijouterie Bi-Rose, il y a maintenant Thés pour Deux. Achetez-en un, vous aurez le second pour un ou deux dollars de plus. Ils vendent des T-shirts qui portent de telles inscriptions que même l'UCLA [1] tirerait la chasse d'eau dessus.

Jake me regarda en riant.

— J'ai déjà eu affaire à des T-shirts qui se sont glissés dans des toilettes, ou des douches.

---

1. Université de Californie et de Los Angeles.

Oncle Morris dit :

— Vous pouvez avoir cinquante-sept variétés — il jeta un regard en biais à son frère — de cappuccinos — il marqua une pause emphatique — ou de patchouli, ou de n'importe quel autre encens ou non-sens, mais il n'y a pas un seul endroit où acheter une boîte de lessive ou un rouleau de papier toilettes dans la nouvelle vieille ville.

## Officiellement charmante

*Hapgood, Hapgood et Martin, la plus ancienne et la plus prestigieuse société de services juridiques d'Epiphany, a transformé le 21 de la place Schuyler en bureaux pour ses jeunes associés. La ville était fière de les accueillir. Après leur emménagement, le quotidien l'Epiphany Times a titré en une de sa rubrique « affaires » LES SOCIÉTÉS DE SERVICES JURIDIQUES CONSTRUISENT LEUR FUTUR SUR LE PASSÉ. L'article faisait quatre colonnes, avec une photo de dix centimètres montrant Taylor Hapgood tenant une feuille de papier à la main. La légende, en dessous de la photo, expliquait qu'il s'agissait de l'acte d'achat original de la maison des Vanderwaal. L'article citait Taylor Hapgood, le plus ancien associé de l'entreprise. Il disait avoir investi plus d'argent dans le câblage de fibre optique que dans l'acquisition de la maison à l'origine, quand les Vanderwaal l'avaient achetée aux Verreries Tappan.*

*Geoffrey et Gwendolyn Klinger, avocats tous les deux, s'étaient installés au 17 de la place Schuyler, dans la maison où les Bevilaqua avaient vécu auparavant.*

— Mais votre maison a de nouveau de la valeur, dit Jake.

Morris et Alex échangèrent un regard, il insista :

— N'est-ce pas ?

— Oui, bien sûr, répondit Morris. Elle a de la valeur.

Oncle Alex se massa le cou et renversa la tête en arrière. Il ferma les yeux et déclara :

— Nous avons des avocats à notre droite et des avocats à notre gauche. Et s'il y a quelque chose que les avocats connaissent bien, c'est la valeur d'une propriété.

Il se redressa, rouvrit les yeux, et grimaça.

— Et comment la protéger.

# 11

Je dis à mes oncles que Jake voulait peindre une rose sur le plafond de ma chambre.

— Une rose rose géante d'un mur à l'autre.

— Très joli, très décoratif, commenta oncle Morris.

Oncle Alex répéta :

— Très joli.

Puis, regardant malicieusement Jake :

— Très intéressant.

— Quand ? Quand va-t-il le faire ?

— Le mercredi, c'est mon jour de congé. Je commencerai après-demain, si ce n'est pas trop tôt.

— Il aura besoin d'un échafaudage, dis-je.

— Pas de problème. Tout ce que vous voulez, déclara oncle Morris.

— J'apporterai la peinture, j'ai de nombreuses nuances de rose, mais il faut que je voie la pièce d'abord pour prendre les mesures du plafond.

Le Jacob Kaplan, gai et énergique, qui grimpa les marches quatre à quatre, n'avait rien à voir avec l'homme à tout faire un peu à la traîne qui avait réparé la douche dans le bungalow des Étourneaux. Celui-ci fredonnait en marchant. Celui-ci me souriait tout en prenant les mesures de la pièce et en étudiant le plafond.

— Il est presque carré. Il faudra que je fasse un croquis. Pensez-vous que l'un de vos oncles pourra m'aider ?

Oncle Alex serait content de donner un coup de main. J'en étais certaine. Mon père trouvait que mes oncles me gâtaient trop. C'était vrai. Ils me donnaient tout ce que je voulais, mais sans doute parce que je ne demandais jamais rien d'extravagant. De même, ils me laissaient faire tout ce que je voulais, parce que je ne demandais jamais rien de défendu.

— Oncle Alex sera au kiosque Zone Temps l'après-midi, il aura donc toutes ses matinées libres.

Jake s'assit sur le bord de mon lit.

— Et vous, mademoiselle Margaret Rose, j'ai besoin que vous cherchiez à la bibliothèque le dessin de la plus belle rose rose que vous pourrez trouver. Il vaut mieux qu'elle vous plaise, parce qu'elle sera très grande, et avec vous pour toujours.

— J'irai demain.

— Bien !

Puis il regarda de nouveau le plafond.

J'hésitais, mais je devais le lui demander.

— Est-ce que vous êtes aussi gentil avec moi parce que votre mère ne l'a pas été ?

Il garda les yeux fixés au plafond, et quand son regard se posa sur moi, il me fit venir face à lui.

— En partie.

J'espérais secrètement que cela ne faisait pas partie du tout de ses raisons.

— Et il y a autre chose.

— Quoi d'autre ?

— J'ai admiré votre résistance et la détermination avec laquelle votre oncle est venu à votre secours.

Assis là sur le bord de mon lit, ses yeux dans les miens, il prit mes mains dans les siennes.

— Margaret, il faut que vous compreniez que ma mère est déjà mal armée pour discuter avec des filles qui ont un vocabulaire équivalent au sien. Alors, elle n'est pas armée du tout face à votre oncle. Il est comme une bombe furtive. On ne voit rien arriver jusqu'au moment où tout explose. Je l'apprécie beaucoup. Et Morris aussi.

Il libéra mes mains et regarda par la fenêtre. Il faisait trop sombre pour voir les tours, mais je savais qu'il se les représentait mentalement.

D'une voix à peine plus audible qu'un murmure, je lui demandai :

— Vous êtes tombé amoureux, n'est-ce pas ?

Puis, gênée d'avoir employé le mot *amoureux* avec une personne du sexe opposé, et tout particulièrement cette personne de sexe opposé-là, j'ajoutai précipitamment :

— Vous êtes tombé amoureux des tours, n'est-ce pas ?

— Je pense que c'est de l'amour, mais pas uniquement. C'est comme une envie de tomber amoureux.

Rassurée qu'il n'ait pas mal interprété ma remarque sur l'amour, et néanmoins désarçonnée par sa réaction, j'ajoutai :

— Comme pourquoi ne pas peindre une rose sur un plafond ?

— Exactement. Il n'y a pas de raison de peindre une rosace au plafond, et il n'y a pas de raison de **ne** pas en peindre une. C'est *a-raisonnable*, n'est-ce pas, Margaret ?

Je hochai la tête, car j'avais la bouche trop sèche pour parler.

— Il y a longtemps que j'avais envie de faire quelque chose d'a-raisonnable. Les tours m'ont permis de découvrir à quel point ça me tenait à cœur. Ça m'est égal de réparer les toilettes, de nettoyer les douches, et ça ne me dérange pas d'être l'idiot du camp ; d'ailleurs, c'est mon choix. Je sais aussi que ce n'est pas de l'art de peindre des panneaux d'affichage, tout au plus un travail manuel, mais j'aimais ça. J'aimais ça parce que c'était faire les choses en grand, comme vos oncles s'occupent de leurs tours. Parfois, je m'interroge sur ce besoin que j'ai en moi. Je vais voir ces expositions d'artisanat de la zone piétonnière, j'aperçois tous ces puzzles en bois, ces maisonnettes pour les oiseaux, ces petits tapis en patchwork et ces boîtes en métal peintes, et je constate qu'il y a beaucoup de gens comme moi qui ont besoin de réaliser des choses. C'est comme de se demander pourquoi on parle. Nous parlons parce que nous sommes des êtres humains et que nous en avons les moyens. Vos oncles construisent des tours parce qu'ils sont humains et parce qu'ils le peuvent. Je comprends les tours. Leur langage est exotique, mais leur alphabet m'est familier. Je comprends ce qu'elles disent. Je le comprends vraiment.

— D'après vous, qu'est-ce qu'elles disent ?

— Elles me racontent une histoire. Une histoire pleine de sens et de non-sens. Elles disent que si la vie a une structure, une force, une ossature sensible, nous y accrochons nos absurdités. Elles disent aussi que les morceaux brisés ajoutent de la couleur et de la musique à la partition de la vie. Elles disent encore que quand on sait que la structure est bien et solidement construite, on peut aussi lui ajouter de la couleur. Les tours disent qu'il n'y a pas de *pourquoi* — seulement un *pourquoi pas*. Voilà ce que les tours me disent.

Il tendit le bras et prit à nouveau mes mains entre les siennes, les pressant comme des cymbales.

— Alors je vous dis, ma douce Margaret, pourquoi ne pas peindre une rosace au plafond ? En plus, ça me donne l'occasion de venir dans un lieu merveilleux pendant mes jours de congé.

Tout au long des seize marches entre le second et le premier étage, je sentais encore la pression de ses mains sur les miennes, quand il m'avait appelée *ma douce Margaret*.

Oncle Alex donnait à manger à Tartuffe, oncle Morris lavait la vaisselle du dîner. J'attrapai un torchon et commençai à essuyer les assiettes, sans vraiment m'en rendre compte. Oncle Morris, en montrant le téléphone, proposa à Jake d'appeler sa mère.

— Je préférerais ne pas, dit-il en me faisant un clin d'œil.

C'était la deuxième fois qu'il le faisait.

— Mais je le ferai. Je lui téléphonerai d'une cabine sur le chemin du retour.

Il partit. Mes oncles finirent de ranger les plats et l'argenterie, tandis que je ramassai les serviettes sales pour les mettre dans le panier à linge.

J'ai souhaité une bonne nuit à mes oncles et grimpé les escaliers avec, dans mon cœur, quelque chose qui ne s'y était encore jamais trouvé.

# Perfidie à Epiphany

# 12

Je fus réveillée par l'odeur des crêpes. Je savais que ce ne serait pas des crêpes ordinaires, mais des *palacsintas*, des crêpes fines composées de farine, de lait, d'œufs et d'eau gazeuse que mon oncle faisait revenir une par une, recouvrait de confiture puis roulait.

Je dévalai les escaliers, en pyjama.

J'en prendrais trois pour commencer.

Habillé, prêt pour la Zone Temps, oncle Morris était assis à la table. Il lisait le journal du matin tout en buvant son café. Dès qu'il me vit, il replia le journal et le posa sur la chaise à sa gauche.

— Bonjour, me dit-il.

Jusque-là il m'accueillait toujours par un *Jo reggelt*, qui veut dire *bonjour* en hongrois, puis il attendait que je le répète. Oncle Alex ajoutait *Jo reggelt* à son tour, et je le répétais après lui aussi.

Ce matin-là, oncle Alex ne dit rien, même pas un mot en anglais. Il resta devant la cuisinière, dos tourné, et mit du beurre dans la poêle. D'un tour de poignet, il fit glisser le beurre sur toute la surface de la poêle. Quand il commença à mousser, il jeta la crêpe et la laissa frire quatre à cinq secondes seulement avant de la déposer sur une assiette.

Même Tartuffe ne me salua pas comme à son habitude. Il était assis aux pieds de mon oncle, et regardait goulûment chaque mouvement de la crêpe et de son auteur. Il ne vint vers moi que lorsque je fus assise. Je le caressai en lui disant « Bon chien », et quand sa queue commença à taper par terre de plaisir, je lui murmurai que je lui donnerais une de mes *palacsintas*.

Sans se retourner, oncle Alex me dit :

— Mais sans confiture, ça lui donne mauvaise haleine.

Il étala de la gelée de prune sur trois *palacsintas*, les enroula, les saupoudra de sucre glace, et les posa dans une assiette devant moi. Puis il s'assit face à moi, attendit que j'aie pris ma première bouchée avant de me demander :

— C'est bon ?

— Très.

Oncle Morris se leva.

— *Jaj, Istenem !* s'exclama-t-il. Il est tard, il faut que j'y aille.

La première plage horaire de la Zone Temps allait de dix à six heures ; la seconde d'une heure à neuf heures. Je regardai l'horloge de la cuisine. Il était à peine neuf heures moins le quart. Oncle Morris ne quittait jamais la maison avant neuf heures et quart. Il partait toujours en retard. Dans son rôle de Père du Temps, mon père aurait fait remarquer : « Morris Rose est un horloger, et il n'a aucun sens de l'heure. » Et chaque fois que ma mère partait en retard, il soutenait qu'elle tenait ça de lui.

Oncle Morris prit sa veste sur le dos de la chaise.

— Est-ce que ça ira, Margitkam, quand nous serons absents tous les deux ?

Je lui répondis qu'une grosse journée m'attendait. Il fallait que je défasse mon sac du camp, que je lave mes vêtements et mes cheveux, ce qui me prendrait pratiquement toute la matinée.

— Il faut aussi que j'aille à la bibliothèque pour choisir une photo d'une rose rose, et je sais que ça va me prendre du temps parce qu'il faut que j'en trouve une parfaite.

Je leur rappelai qu'ils avaient promis de construire un échafaudage.

— Jake a dit qu'il viendrait mercredi, c'est demain.

— Mais il y a la nuit, Margitkam, nous sommes habitués à travailler la nuit, fit oncle Alex.

— Les tuyaux sont prêts, Alex les montera du sous-sol. Il ne nous restera qu'à les assembler. L'échafaudage l'attendra.

Oncle Morris se pencha pour m'embrasser sur le front. Je le regardai et lui dis au revoir, pris une autre bouchée de *palacsinta*, fermai les yeux, essayant de chasser toutes les sensations pour ne garder que le goût. Quand je les rouvris, oncle Morris était à la porte, il échangeait un regard avec oncle Alex en faisant non de la tête.

— N'oublie pas ton journal, lui dit oncle Alex.

Il le prit, le plia nerveusement en trois, et le fourra littéralement sous le bras de Morris.

Pressant le journal contre ses côtes, oncle Morris ouvrit la porte moustiquaire avec raideur.

— Bon, je suis parti, dit-il sans bouger.

Ils échangèrent de nouveau un regard. J'étais perplexe.

— Allez, va-t'en ! lui lança oncle Alex.

Oncle Morris ne bougea pas. Oncle Alex, depuis ses fourneaux, la spatule à la main, répéta :

— Allez, Morris, va travailler.

Je regardai la porte grillagée se fermer. Oncle Alex retourna à sa cuisine et rougit. La *palacsinta* avait brûlé. Il rumina dans sa barbe et jeta la crêpe ratée à la poubelle.

— Il m'a fait brûler la poêle. Il faut que j'en prenne une autre, maintenant.

Je posai ma fourchette, mal à l'aise.

— Est-ce que tu en veux une autre ?

— Je pense que oui, dis-je.

— Comment, tu penses ? Si tu n'en veux plus, tu n'as qu'à le dire. Ça m'évitera de gratter la poêle...

— J'en voudrais deux autres, s'il te plaît.

— Deux seulement ?

— Non, trois, j'oubliais celle de Tartuffe.

Après le petit déjeuner, je montai prendre mes vêtements du camp et les portai au sous-sol. En allant vers la buanderie, j'aperçus l'atelier de mes oncles. Je mis tout dans la machine à laver, tout, même ce que je n'avais pas utilisé. Écoutant d'une oreille l'eau remplir la machine, j'entrai dans l'atelier et y jetai un coup d'œil. Tout était recouvert d'une couche de poussière. Mes oncles n'avaient jamais été très ordonnés, mais là ce n'était plus du désordre, c'était de la négligence. Je passai mon doigt sur la poussière épaisse qui nappait l'établi où oncle Alex fabriquait ses pendentifs. Dans le coin opposé de la pièce, il y avait trois sacs de ciment Portland. Ils étaient destinés aux fondations de la Tour Quatre. Eux aussi étaient recouverts de poussière.

La machine avait fini de se remplir. Il y eut un clic, et le *slosh-squish*, *slosh-squish* du cycle de lavage entama son rythme doux, qui n'avait rien à voir avec les sons discordants que j'avais entendus au petit déjeuner. Il n'y avait pas eu de *Jo reggelt* de bienvenue. Mais il y avait eu : *Comment, tu penses ? Si tu n'en veux plus, tu n'as qu'à le dire.* Oncle Alex ne s'était jamais montré aussi irritable avec moi. Qu'il le soit avec son frère, c'était normal, mais pas avec moi. Jamais. S'il y avait une chose sur laquelle mes oncles étaient d'accord, c'était combien j'étais merveilleuse. Mes oncles n'avaient jamais échangé non plus de regards par-dessus ma tête.

Je soulevai le couvercle de la machine à laver et vis que tout se mélangeait bien. Bon. La terre de Talequa s'en irait bientôt dans les égouts.

Je remontai, en passant de l'autre côté de la cuisine. Oncle Alex était toujours devant la cuisinière. Il me regarda brièvement et me laissa m'en aller sans un commentaire ni un sourire.

## Sans le citron et le citron vert

Je me dirigeai vers l'autre côté de la Tour Deux. J'arrachai un morceau de peinture avec mon ongle et le regardai voleter jusqu'au sol. J'entrai sous la tour et levai les yeux. Toute la peinture des poutrelles s'écaillait.

Le printemps dernier, Morris avait planté ses poivrons et Alex avait pris soin de ses roses, mais au lieu d'assurer l'entretien des tours, oncle Alex avait annoncé qu'ils emmenaient Tartuffe au Texas.

J'avais demandé pourquoi, et oncle Alex m'avait expliqué qu'il avait lu un rapport signalant qu'au Texas, dans un grand verger, des cercles stériles s'étaient développés autour des bases de noisetiers. Ces cercles, appelés aussi traces calcinées, indiquaient un terrain à truffes.

— Pourquoi oncle Morris part aussi ?

— Parce qu'il n'est jamais allé au Texas.

— Mais il déteste Tartuffe.

— Les truffes peuvent rapporter jusqu'à huit cents dollars pour cinq cents grammes. Même mon frère trouve cela acceptable.

J'avais cherché à savoir s'ils seraient de retour à temps pour s'occuper de moi pendant le séjour de mes parents au Pérou.

— Je mélangerai les peintures citron et citron vert pour aller avec le sorbet orange.

Et là, oncle Alex avait suggéré que le camp serait une bonne chose pour moi. Étant enfant unique, une expérience de groupe pourrait me faire du bien. J'étais choquée. Je lui dis que comme tous les enfants uniques de la planète, je n'étais pas plus responsable d'être *unique* que d'être une enfant. Ma propre mère, Naomi, qu'ils aimaient autant qu'ils m'aimaient, était elle aussi une enfant unique et n'était jamais allée en camp d'été, et tout le monde – à l'exception possible de mon père – pensait qu'elle était parfaite. De plus, s'il avait été en classe ici et non dans sa vieille Europe, il aurait su qu'aller de la maternelle à la sixième apporte à n'importe qui une expérience de groupe suffisante pour le restant de ses jours.

Je me remettais à peine du choc d'avoir découvert que mes parents n'avaient pas l'intention de m'emmener avec eux qu'il me fallait prendre conscience que mes oncles ne voulaient pas de moi non plus. Je ne comprenais pas pourquoi tout le monde se refusait à résoudre le problème « Que faire de Margaret ? ». Je n'arrivais même pas à comprendre qu'ils l'envisagent comme un problème.

Après ça, j'ai évité mes oncles, ainsi que mes parents, sauf pour les choses et les services dont j'avais besoin, en mineure encore incapable de conduire une voiture ou de gagner sa vie. Je parlais quand on me parlait et accordais toute mon attention à mes sentiments blessés et à la montagne de catalogues que j'avais demandés.

Sur leur chemin de retour du Texas, oncle Morris me téléphona. Or m'appeler représentait un véritable effort pour lui. Il était convaincu que les téléphones cassaient les oreilles et étaient la cause de sa perte d'audition. Il ne donnait presque jamais de coup de fil de sa propre initiative. Il me dit que lui et oncle Alex m'avaient rapporté un cadeau du Texas. Rassemblant toute l'indifférence que je pouvais, je parvins à ne pas demander ce que c'était ni quand je l'aurais. Ce qui eut pour résultat une longue pause téléphonique qui me vrilla les oreilles. Alors, pour rompre ce vrilleur d'oreilles, je demandai si Tartuffe avait trouvé une truffe. Il n'en avait pas trouvé.

Je sortis de la cage formée par les poutrelles des tours et posai mon doigt dans une cloque de peinture. Elle éclata sous mes yeux, en laissant une peau ratatinée de couleur mauve comme une plaie mal soignée. La poussière dans l'atelier, les écaillures et les cloques de peinture m'envoyaient un message. Quelque chose n'allait pas.

Je retournai à la cuisine. Oncle Alex étudiait le contenu du frigidaire dont il avait ouvert la porte. Tartuffe se faufila entre nous, ses pattes faisant tic-tac sur le sol en linoléum. Me tournant toujours le dos, oncle Alex continuait à fouiller l'intérieur du frigo.

— Je sais que j'ai du cottage cheese quelque part.

— Tu as la main juste dessus.

— Ah, mais oui.

— S'il te plaît, dis-moi ce qu'il se passe.

Oncle Alex referma le frigidaire et s'assit en face de moi. Tartuffe se calma et se tint à côté de mon oncle, concentré sur les caresses qu'il prodiguait à Tartuffe. Il ne me regardait pas dans les yeux.

— Je songe à faire toiletter Tartuffe, dit-il, cela pourrait parfaire son allure. Les gens sont tellement impressionnés par les apparences. Ils n'imaginent pas la valeur de Tartuffe. Est-ce que tu te rends compte que les truffes se vendent huit cents dollars les cinq cents grammes ? Huit cents dollars.

Oncle Alex bavardait comme l'invité d'un talk-show, regardant Tartuffe comme si c'était une carte joker pour gagner du temps. Je n'avais jamais vu aucun de mes oncles s'intéresser à l'argent.

— Oncle Alex ! Je pense que tu me dois la vérité. Vous allez utiliser les tuyaux de la Tour Quatre pour l'échafaudage, n'est-ce pas ?

— Pourquoi pas, puisque nous les avons ? Ils sont prêts.

— Il n'y aura pas de quatrième tour, c'est ça ?

— Tu veux une réponse en un mot ?

J'opinai du chef.

— Non. Et une réponse en deux mots : définitivement pas.

— Pourquoi ?

— Ce serait du temps perdu.

— Ça ne vous a jamais posé problème auparavant.

— Quand tu seras plus grande, *édes* Margitkam, tu comprendras que tout ce que tu as, c'est du temps. Tu as du temps et ta part d'histoire.

Il se tapa les mains sur les cuisses et se leva.

— Des crêpes fourrées. Je vais faire cuire les *palacsintas* qui restent et les garnir de cottage cheese. Nous mangerons des crêpes fourrées demain à midi. Est-ce que tu penses que ça plaira à Jake ?

Bien sûr qu'il aimerait, me suis-je dit, mais j'étais incapable de répondre. J'avais mal, j'étais mal à l'aise. Quelque chose ne tournait pas rond. Dans la cuisine, dans le jardin des Tours. C'était dans l'air. Tout le 19, place Schuyler allait mal, mais je ne savais pas pourquoi. Mon oncle me demanda encore si je pensais que Jake apprécierait les crêpes fourrées. Il ne me regarda même pas tandis que j'approuvais de la tête. Il retira simplement le cottage cheese de sa boîte.

# 13

À la bibliothèque, je me rendis d'abord à la section art. Je trouvai une rose rose dans *Les roses* de Pierre-Joseph Redouté. Ça aurait dû être parfait. Ça aurait dû être la rose que je voulais. C'était artistique, et je voulais que Jake pense que j'aimais l'art. C'était historique, et je voulais que Jake pense que j'aimais l'Histoire. C'était scientifique, et beau, mais pas fascinant. Je regardai dans d'autres livres d'art, mais aucune des rosaces peintes n'avait l'apparence veloutée et humide d'une seule des roses des massifs de mon oncle. Alors, contre toute attente, je me rendis à la section jardinage.

Là, dans le premier livre que je tirai d'une étagère, je trouvai la rose rose que je voulais. Elle avait toutes les nuances subtiles de rose. Une infinité de nuances. On avait l'impression qu'en touchant la page les couleurs allaient rester sur les doigts. Bien que ce soit une photo et non une peinture, même si ce n'était pas historique, même si ce n'était pas la rose qui convenait, même si elle provenait du rayon jardinage et non du rayon des arts, c'était exactement celle que je voulais sur mon plafond.

En attendant au comptoir d'enregistrement, je vis deux exemplaires de l'*Epiphany Times* posés sur un présentoir juste à côté. Un exemplaire montrait la section « Vie locale », cela m'attira, mais j'entendis « Suivant », alors j'avançai, je fis tamponner mon livre et je quittai la bibliothèque tout excitée par le projet du plafond et le retour de Jake.

Je rentrai au 19, place Schuyler par le jardin des Tours, comme je le faisais d'habitude. Oncle Alex était déjà parti travailler. Je traversai la cuisine et le hall d'entrée pour aller dans ma chambre. Je laissai le livre sur la table de l'entrée et pris la liste qu'oncle Alex m'avait laissée :

*1. Retiré ton linge de la machine*

*2. L'ai mis dans le séchoir*

*3. N'était pas encore sec quand je suis parti*

*4. Prends ce que tu veux dans le réfrigérateur*

*5. Promène Tartuffe s'il te plaît*

*6. Quand tu veux dans l'après-midi*

*7. Fais attention en traversant les rues*

*8. Heureux que tu sois là*

J'étudiai son écriture « vieille Europe ». Son « 1 » avait un petit drapeau et son « 7 » une croix. Je lus deux fois le point 8.

La laisse de Tartuffe à la main, j'allais sortir quand je vis que le postier était passé. Le courrier était par terre à l'intérieur. Je pris les lettres – la plupart, des enveloppes à fenêtres – mais il y avait une carte postale avec une photo des Andes. Elle était de ma mère.

*Chers Oncles,*

*Les fouilles avancent bien. Cela peut sembler étrange que nous soyons là, à bichonner le plus petit morceau d'une ville ancienne quand Epiphany s'apprête à démolir les plus beaux monuments qu'elle ait jamais eus. J'imagine que les tours ne sont pas assez anciennes. Gardez le moral. Avez-vous des nouvelles de Margaret ?*

*Affectueusement, Naomi.*

Je n'arrivais pas à croire ce que je venais de lire, alors je relus la carte encore deux fois :

*Epiphany s'apprête à démolir les plus beaux monuments qu'elle ait jamais eus.*

Les tours ! Les tours allaient être démolies.

Et là, seule dans l'entrée avec juste Tartuffe pour m'entendre, je me mis à hurler. Mon cri emplit le hall, monta les escaliers et me revint en écho. Des bulles de rage gonflaient puis éclataient à l'intérieur de moi, dans ce vide que les anciennes avaient creusé à vif. Je serrai mon estomac, je me tordis, presque à l'agonie. Je m'effondrai sur la première marche. J'essayai de lire la carte, encore une fois, mais les mots me brûlaient les yeux. Je tins la carte serrée contre mon cœur et commençai à me balancer d'avant en arrière, au rythme primitif du chagrin. Avec Tartuffe comme unique témoin, je me mis à gémir. Je me balançais et je gémissais, le mouvement et le son s'accordant aux contractions de mon cœur douloureux. Je criais tous ces sons enfouis et tristes que j'avais contenus depuis le début de l'été. Je laissais sortir ces pleurs que j'avais réprimés quand les tirs des anciennes m'avaient expédiée dans ma couchette. Je laissai libre cours aux réponses que j'avais refoulées quand Mme Kaplan et moi avions eu nos petites conversations. Je gémis et je balançai sans m'arrêter jusqu'à ce que Tartuffe love son museau dans le creux de mes bras. Il avait besoin de réconfort, lui aussi.

— Les tours vont être démolies, lui dis-je.

Je pouvais parler maintenant, doucement, et je le lui répétai :

— Les tours vont être démolies, Tartuffe, comment ne l'ai-je pas deviné ?

Des grognements venaient du plus profond de son être. Je lui enlevai sa laisse et lui répétai :

— Il faut que tu restes là, Tartuffe. Il faut que je retourne à la bibliothèque.

Je lui caressai doucement le dos, et il comprit. Il s'assit, telle une statue ; sans même que j'aie besoin de lui dire de rester là, il ne bougea plus. Je glissai la carte postale dans le livre de rosaces et empilai le reste du courrier sur la table de l'entrée, puis je sortis.

Et là, sur la première page de la rubrique « Vie locale » du journal d'Epiphany, se trouvait le gros titre suivant :

## Démolition programmée

Les trois années de lutte pour sauver les tours aux pendules de la place Schuyler prendront fin dans dix jours. La ville a confié le contrat de démolition des structures aux frères Foscaro d'Albany.

Motivée par des raisons de sécurité, une pétition a été lancée par l'Association des propriétaires de la vieille ville afin de les faire enlever. Elles ont été construites sans permis.

La ville n'accorde un permis de construire qu'après approbation des plans de construction, garants de la sécurité. Morris Rose et son frère, Alexander, ont construit les tours durant quarante-cinq ans, sans aucun plan.

L'Association des propriétaires de la vieille ville s'inquiète de ce que les grands vents pourraient déséquilibrer les tours, qui dans leur chute pourraient détruire la propriété adjacente ainsi que plusieurs maisons alentour. Lors de l'assemblée qui s'est tenue le 4 avril, Kenneth Hawkins, chef du département de la construction et de la sécurité, a déclaré que les tours ayant été construites sans plans, il n'y avait aucun moyen de vérifier la fiabilité de leurs structures. Afin d'éviter tout risque, M. Hawkins a recommandé que les tours soient démolies. Taylor Hapgood, l'un des pionniers de la restauration de la vieille ville, a donc pris sa décision.

« Ces structures sont en décalage complet avec l'intégrité historique de notre voisinage. Elles retirent sa dignité à la vieille ville. »

À la demande de l'Association des propriétaires, il a demandé à la ville de prendre en charge les frais de démolition comme participation au Plan de réaménagement étendu, à l'initiative financée par la ville pour restaurer le centre-ville ainsi que les alentours de la Grand-Place.

Les frères Rose ont fait leur dernier appel au conseil municipal du 8 avril. L'assemblée a voté en faveur de l'Association des propriétaires et posté les ordres de démolition. Les frères Foscaro ont estimé que retirer ces structures dans un espace urbain aussi dense prendra trois semaines. L'argent du projet viendra du Fonds de garantie de la vieille ville historique.

Je reposai le journal sur le présentoir de la bibliothèque, puis me précipitai dehors pour l'acheter au distributeur du coin. Je m'assis sur un banc de la place de la Mairie et relus l'article trois fois. Puis je glissai le journal sous mon bras et traversai la rue en direction de la mairie.

Je m'arrêtai au bureau de réception dans le hall d'entrée, me présentai, et, montrant l'article dans le journal, demandai où se trouvait le rayon des comptes rendus publics.

— J'ai besoin du compte rendu du conseil municipal du 8 avril de cette année.

La réceptionniste me répondit :

— Pour des raisons de sécurité, nous ne pouvons vous autoriser à entrer dans la salle des comptes rendus sans un passe.

J'ai écouté son « nous », j'ai regardé son sourire – une jumelle de Mme Kaplan – et j'ai compris que le bureau placé entre nous lui servait de bouclier, et le règlement, d'épée.

Prenant un air beaucoup plus assuré que je ne l'étais en réalité, je lui dis :

— Je sais que les conseils municipaux font l'objet de procès-verbaux publics. Je fais partie du public, et j'ai besoin de voir ce rapport.

Elle répéta :

— Pour des raisons de sécurité, nous ne pouvons laisser entrer personne dans la salle des comptes rendus sans un passe.

La répétition fait souvent office de bonne raison pour ceux qui ont les pleins pouvoirs d'un bureau.

Je n'avais pas l'intention de laisser tomber.

— Alors, s'il vous plaît, trouvez quelqu'un qui a un passe et qui peut aller chercher ce procès-verbal pour moi.

Je renforçai mes excellentes manières par un nouveau « S'il vous plaît ». Je pris place sur une des chaises contre le mur.

— Je suis prête à attendre toute la journée, vous savez.

Je croisai mes bras sur ma poitrine et ajoutai :

— Et toute la journée de demain, si c'est nécessaire.

La réceptionniste déclara :

— Voyons ce que nous pouvons faire.

Elle décrocha le téléphone et, sa main posée sur le récepteur, me demanda :

— Rappelez-moi votre nom ?

Je les lui donnai, tous les trois, lentement, syllabe par syllabe, puis approuvai de la tête chaque fois qu'elle les répétait au téléphone.

Quelques minutes plus tard, une femme qui portait un badge avec sa photo au bout d'une chaîne — une chaîne qui se balançait comme une pendule à chaque pas — se hâta vers moi. Elle était à peine au milieu de l'entrée quand elle m'apostropha :

— Margaret Kane, comment vas-tu, ma chère petite ?

J'eus à peine le temps de répondre qu'elle continuait déjà :

— Je suis tellement désolée. J'avais l'intention de prévenir Peter de ce qui se passait, je m'étais promis de le faire, et puis une chose et une autre, je ne l'ai pas fait. Je ne l'ai tout simplement pas fait. C'est la dialyse de M. Vanderwaal, tu sais. Je remercie Dieu pour le corps médical et la dialyse, mais son cas est chronique maintenant, tu sais, et nous en sommes à trois dialyses par semaine pour l'instant.

Elle reprit sa respiration.

— Tu es venue pour les tours, n'est-ce pas ?

Je hochai la tête.

— Quand j'ai lu le journal d'aujourd'hui, j'ai compris que j'aurais dû dire quelque chose plus tôt. Peter adore ces tours. Chaque fois qu'il vient à la maison, il fait une virée dans notre ancien quartier. Je sais que j'aurais dû lui en parler, mais...

Elle me regarda, attendant un assentiment de compréhension, mais j'étais en train de faire le point : Vanderwaal. C'était Mme Vanderwaal. Et le Peter dont elle parlait, le Peter qui adorait les tours ? C'était l'ami d'enfance de ma mère.

Mme Vanderwaal disait :

— ... Je ne voulais pas inquiéter Peter davantage, il

a suffisamment de soucis, tu sais. Son travail, son père, et la dialyse.

J'étais perplexe. Comment tout le monde avait pu être au courant — avait pu savoir — sans en avoir rien dit ? Ils savaient tout depuis des mois, des années, et personne, pas une seule personne, ne m'en avait touché un seul mot. Tout le monde n'avait pas l'excuse de la dialyse. C'était la conspiration du silence.

Mme Vanderwaal arrêta un moment de s'excuser et m'observa.

— Tu n'étais pas au courant, n'est-ce pas, ma chère petite ?

— Pas jusqu'à aujourd'hui.

— Viens avec moi.

Elle me prit par les épaules et dit à la réceptionniste :

— Lillian, s'il vous plaît, donnez un laissez-passer temporaire à cette jeune fille.

Mon passe était d'une autre couleur que celui de Mme Vanderwaal, et il n'y avait pas ma photo. La chaîne était si longue qu'elle se prit dans mes jambes dès que je fis un pas. Je ne disais pas grand-chose. Ce n'était pas la peine. Tout en montant une volée de marches et en remplissant le formulaire nécessaire à l'obtention du rapport du conseil municipal du 8 avril, Mme Vanderwaal n'arrêtait pas de parler.

— Je vais te le faire imprimer. Je sais que j'aurais dû le faire pour Peter, et je me déteste d'avoir été si négligente, mais je suis à quelques mois de la retraite. Avec M. Vanderwaal — il est déjà à la retraite, tu sais — nous projetions d'acheter un mobile home pour voyager à travers le pays, mais maintenant, avec cette dialyse trois fois par semaine, nos rêves sont tombés à l'eau. Ils m'ont demandé de rester ici, et je pense que je vais accepter. C'est démoralisant de rester à la maison toute la journée en attendant la dialyse de M. Vanderwaal trois fois par semaine.

Elle reposa le stylo.

— Excuse-moi, je vais porter ça à Éric et mettre les choses en route.

Je l'attendis dans son bureau. Sur sa table, il y avait une photo de ma mère, de Peter et Loretta Bevilaqua, devant la Tour Deux. Ma mère et Loretta avaient à peu près mon âge, elles n'avaient pas de poitrine. Elles s'amusaient devant l'objectif. Peter était assis au sommet de la tour, à peine plus haute que les filles, une main sur leur tête.

Mme Vanderwaal revint, et avant qu'elle puisse placer encore une fois le mot dialyse, je lui demandai des nouvelles de Peter.

— En fait, la vocation de Peter a été suscitée par ces tours.

— Qu'est-ce qu'il fait ?

— Il travaille dans un musée. Il est allé à l'université de Brown. C'est très BCBG, tu sais ?

Je ne savais pas, mais j'acquiesçai.

— Où est-il maintenant ?

— Il vit dans le Wisconsin, à Sheboygan. Il est directeur du centre artistique là-bas.

— J'aimerais lui téléphoner.

— Mais oui, tu devrais, je vais te donner son numéro. Quelle honte pour les tours. J'aurais dû l'appeler depuis longtemps.

Elle nota un numéro sur un Post-it et me le tendit.

— Ces Post-it sont merveilleux. Je crois qu'ils ont été inventés dans le Wisconsin. Peut-être dans le Michigan. Enfin quelque part dans le Midwest, et même si c'était dans le Michigan, ce serait près de chez Peter.

Je l'interrogeai à propos de Loretta Bevilaqua.

— Je ne sais pas grand-chose d'elle depuis qu'elle est adulte. Je crois qu'elle s'est mariée...

Elle se pencha vers moi et chuchota :

— ... et a divorcé. Il me semble qu'elle occupe un haut poste à New York. Une vraie femme d'affaires. À Manhattan même. J'ai entendu dire que son loyer mensuel est aussi élevé que les impôts locaux annuels qu'elle paierait si elle vivait à Epiphany. Sa mère est toujours ici. Pas dans l'ancien quartier, bien sûr, mais elle est toujours dans le coin. Tu peux l'appeler, elle te dira comment la contacter.

Un jeune homme maigre du genre végétarien macro-biotique, barbu, s'approcha avec de longues feuilles de papier trouées sur les côtés. Il les tendit à Mme Vanderwaal et disparut sans prononcer un mot.

— C'est pour toi, ma chérie, dit-elle en séparant les pages et en les alignant bord à bord, avant de me les tendre. Ton oncle a été éloquent. Vraiment éloquent. Mais, bien sûr, ça n'a pas marché. Pas du tout.

Je collai le Post-it sur la première page du rapport et me levai pour partir. Mme Vanderwaal s'approcha et me murmura à l'oreille :

— Dans cette ville, ma chère, les avocats gagnent toujours.

— Mais il y a toujours une première fois, madame Vanderwaal, lui répondis-je.

— Oui, tu as raison, ma chérie. Je suis fière que tu essayes. N'oublie pas de rendre ton badge en sortant.


## Les plus beaux monuments

J'ai retrouvé le même banc sur la place de l'hôtel de ville. Je m'y suis assise pour lire la déclaration de mon oncle à la mairie :

« La ville dit que nous avons construit trois grandes structures sans permis. La ville s'y réfère en tant que structures. Si vous me permettez, moi, comme tout le monde, je les appelle des tours.

La ville dit que, sans un permis de construire, les tours sont illégales. Elle dit aussi que nous n'aurions pas eu de permis sans fournir de plans. La ville dit : "Pas de plans, pas de permis."

Cela vous surprend-il que chaque maison de ce que vous appelez la vieille ville ait été construite sans permis ? Regardez, vous verrez. Les Verreries Tappan étaient propriétaires du terrain sur lequel elles ont construit sans permis notre maison, les autres maisons de la place Schuyler, et toutes celles du quartier, qu'elles destinaient à leurs ouvriers. Et sans permis puisqu'elles étaient à la fois propriétaires du terrain et patrons. Et personne n'allait venir leur dire ce qu'elles avaient le droit de faire ou non sur leur propre terrain.

La ville décrète désormais que les maisons de la verrerie constituent une zone. Et que cette zone a un code. Quand mon frère et moi avons commencé à construire les tours, il n'existait ni code de zone — ni code postal ou rien, et pour cause. Nous avions une adresse, 19, place Schuyler. Nous avions des voisins. Nous aimions notre quartier et tout ce qui s'y trouvait, nos maisons et nos rues pavées de briques à chevrons. Nous aimions les châtaigniers bordant les deux côtés de la rue. Leurs branches formaient un baldaquin entre le côté des numéros impairs et celui des numéros pairs. Et nous aimions aussi nos jardins de derrière. Certains étaient des potagers avec des choux et des tomates. D'autres avaient des parterres de roses trémières, d'iris, et dans l'un d'eux, il y avait des tours. Les voisins partageaient leurs choux et leurs roses trémières et les tomates de Mme Bevilaqua. Elles étaient particulières, nous les appelions *pomo d'oro*, "pommes d'or". Les voisins les aimaient, ils aimaient aussi les tours. Vous voyez, quand nous formions un voisinage, il n'y avait pas de code de zone, mais un code non écrit, qui disait : "Aimez votre voisin." Mais lorsque nous sommes devenus une zone, nous avons eu un code de zone, qui est inscrit dans la loi. Et la mairie a décidé que les tours n'entraient pas dans cette zone parce qu'elles ne correspondent pas au code.

Maintenant que nous constituons une zone et plus un quartier, nous n'avons plus de voisins. Nous avons des *propriétaires*. Et tandis que la zone se dotait d'un code, les propriétaires ont formé une *association*. L'Association des propriétaires de maisons. Très officiel. Ils ont des arrêtés municipaux. L'APM affirme que les tours diminuent la valeur des propriétés pour les professionnels qui ont investi dans ces vieilles maisons. Quand la verrerie a mis les maisons en vente, des personnes comme mon frère et moi les avons achetées pour y vivre, pas pour faire un investissement.

Maintenant, l'Autorité du réaménagement affirme quelque chose de pire encore. Elle dit que les tours ne correspondent pas à l'histoire de la vieille ville. Nous nous demandons, mon frère et moi, comment n'importe qui – une quelconque *autorité* – a le droit de déclarer que les tours ne font pas partie de l'histoire. Comment quelqu'un peut-il dire que quelque chose qui est arrivé n'a pas eu lieu ? Mon frère et moi demandons : quand a commencé cette histoire ? La direction du réaménagement répond qu'elle démarre avec la première maison de la *zone* de la vieille ville. Nous demandons donc, mon frère et moi, quand finit l'histoire. La DR répond qu'elle finit avec le premier permis de construire. En d'autres termes, l'histoire de la vieille ville débute quand les maisons de la verrerie ont été construites et finit quand les tours commencent.

Comment peut-on affirmer une chose pareille ? L'Histoire n'a pas de fin. Dès que je prononce le mot *Histoire*, il fait déjà partie de l'Histoire.

Personne ne devrait avoir le droit de retirer son histoire à quelqu'un. *Personne.*

Mon frère et moi, nous vous demandons une chose : ne faites pas disparaître l'histoire des tours. Au lieu de cela, regardez-les bien. Et si vous le faites, vraiment, vous verrez que les tours conviennent à l'époque et à la zone, et que leur histoire fait partie de la nouvelle vieille ville. »

Je reposai les feuilles et regardai le tribunal. *Quand tu grandiras, édes Margitkam, tu comprendras que tout ce que tu as c'est du temps. Tu as du temps et ta part d'histoire. Et c'est tout ce que tu as.* Un à un, les événements de l'histoire récente se mettaient en place.

Mes oncles ne construiraient pas la quatrième tour, parce que ce serait une vraie perte de temps, et il n'y aurait jamais de sorbet citron et citron vert pour aller avec l'orange, parce que l'entretien des tours serait aussi une perte de temps.

Ils n'avaient pas souhaité que je reste avec eux parce qu'ils ne voulaient pas que j'assiste à la destruction des tours, que j'aimais tant. Et ils n'avaient pas réussi à me le dire parce qu'ils m'aimaient trop.

Et maintenant, Tartuffe aussi prenait sens.

Oncle Alex se fichait bien que Tartuffe trouve une truffe. Il était parti en Italie et avait acheté Tartuffe quand tout ce battage légal avait commencé. Il avait besoin d'aller quelque part, d'avoir quelque chose à faire pendant les soirées qu'il aurait normalement consacrées aux tours. Il n'espérait pas qu'oncle Morris approuve Tartuffe ou sa chasse à la truffe. Comme le chemin entre leurs roses et leurs poivrons, mes oncles avaient besoin de différences pour rester unis.

Le voyage au Texas prenait lui aussi tout son sens. Ils n'y étaient pas allés pour que Tartuffe puisse trouver une truffe, ou parce qu'oncle Morris accordait une quelconque importance aux huit cents dollars que pouvait rapporter une livre de truffes. Ils voulaient simplement quitter la ville. S'éloigner de la communauté qui les avait bannis. Ils ne préféraient pas *la chaleureuse camaraderie* de l'APM ni *l'accompagnement amical* du conseil de la ville.

# 14

J'observais le 19, place Schuyler du trottoir d'en face. Une brise faisait danser les pendentifs des tours. Le son flottait au-dessus de ma tête. Pourquoi tout le monde n'était-il pas sensible à leur musique ?

Je regardai le numéro 21, où la plaque en bois de bon goût indiquait :

*HAPGOOD, HAPGOOD & MARTIN*
*AVOCATS À LA COUR*

Hapgood avait soutenu que les tours détonnaient dans la vieille ville. Ce n'était pas qu'il ne les aimait pas, mais elles dévaluaient sa propriété. L'histoire du numéro 17 était différente. Gwendolyn et Geoffrey Klinger y habitaient, et détestaient les tours à cause de moi. C'était ma faute. Totalement.

# L'histoire du numéro 17

L'année dernière, le premier jour des vacances de printemps, j'étais arrivée place Schuyler. J'avais trouvé oncle Alex dans le jardin, en train de tailler ses roses. Il appelait ça la « révision ». Il attendait toujours que les forsythias fleurissent avant de le faire. Il disait :

— Ce que tu enlèves est aussi important que ce que tu laisses, Margitkam, en précisant : car ce que tu enlèves met en valeur ce qui reste.

Epiphany se trouvait assez au nord, si bien que les forsythias fleurissaient parfois, alors que tout — les jours gris, le ciel et la température — tout, sauf le calendrier et les forsythias, semblait indiquer qu'on était en hiver. Mais ce jour-là, le premier de mes vacances de printemps, l'air était si clair et le ciel si lumineux que les forsythias semblaient nimbés d'un halo jaune rayonnant. La main en visière, je regardai mon oncle réviser ses roses avec des cisailles et une petite scie.

Gwendolyn Klinger m'appela soudain par-dessus la clôture pour me demander si elle pouvait me parler de quelque chose. Comme elle s'exprimait toujours à mi-voix, elle me donnait l'impression qu'en parlant trop fort, j'étais responsable du réchauffement climatique. Donc, en sa présence, tant que je pouvais, je répondais par un hochement de tête.

— Pouvons-nous aller à l'intérieur ?

Je lui fis signe que oui.

Elle s'assit sur le sofa du salon de mes oncles. Gwendolyn Klinger portait toujours des fibres naturelles et ne se maquillait pas. Je choisis une chaise de l'autre côté de la pièce et me concentrai. Tapotant un coussin, elle me dit :

— Viens là près de moi, Margaret, j'ai besoin de lire le langage de ton corps.

J'obéis et me retrouvai assise si près d'elle que je voyais ses pupilles devenir aussi petites que des têtes d'épingle. Je murmurai :

— De quoi s'agit-il ?

— Margaret Rose, dit-elle de sa voix naturelle, guère plus forte qu'un chuchotement mais aussi suave que celle d'une star française. Je sais que tes vacances commencent. Et aussi que tu aimes rester avec tes oncles quand tu ne vas pas en classe.

Je fis signe que oui, me demandant où tout cela allait nous mener.

— Pourrais-tu m'accorder une faveur ?

Avant que je puisse répondre, Gwendolyn avait pris mes mains entre les siennes ; on aurait dit un sandwich de mains.

— Pour Geoffrey et moi ? C'est aussi important pour lui que pour moi.

— De quoi s'agit-il ? répétai-je dans un souffle, inquiète.

Contrairement à mes oncles, qui travaillaient ensemble mais séparément et qui tenaient la maison ensemble mais séparément, Gwendolyn et Geoffrey Klinger étaient aussi inséparables que les bibliques Ruth et Naomi, sauf qu'ils étaient de sexe opposé.

Ils agissaient ensemble dans tous les domaines. La loi, la réorganisation de leur maison, la décoration de leurs bureaux, la cuisine, la cuisson au four. Tous. Gwendolyn dit :

— Geoffrey et moi partons une semaine. Il y a une conférence sur les torts à Tucson...

— Il y a une conférence exclusivement sur les tourtes ? demandai-je, me permettant d'élever la voix.

Je savais qu'ils aimaient faire la cuisine et cuire leur pain, mais j'avais du mal à imaginer deux avocats aller jusqu'en Arizona pour assister à une conférence sur les tourtes.

— Oncle Alex pourrait probablement vous apprendre tout ce que vous voulez savoir sur les tourtes, madame Klinger. Il cuit des tourtes Dobos, et la tourte Sacher qui pourrait remporter un prix, et...

Gwendolyn Klinger sourit avec bienveillance.

— Non, ma chère Margaret, il s'agit de torts, T-O-R-T-S ; ce sont des cas juridiques, quand quelqu'un poursuit quelqu'un d'autre pour des actes délictuels, par exemple.

— Je croyais que vous parliez de ces espèces de tartes qu'on appelle des tourtes.

— J'avais compris, ma chère, mais ce n'est pas le même mot, dit-elle en libérant enfin mes mains pour les tapoter.

Je les retirai — doucement, pour ne pas la vexer — et me réfugiai à l'autre bout du canapé.

— Geoffrey et moi aimerions rester quelques jours de plus en Arizona pour en profiter un petit peu, mais nous avons besoin de quelqu'un pour prendre soin d'un petit quelque chose à notre place. Le feras-tu ?

Je me demandai comment une adulte pouvait employer si souvent le mot *petit*, mais j'approuvai d'un signe.

Gwendolyn baissa la tête et tendit le cou pour étudier le langage de mon corps.

— Tu es sûre ?

Je ne l'étais pas tant que ça, mais je répondis :

— Certaine.

Elle essaya encore de m'attraper la main, mais je décidai de jouer avec mes boucles d'oreilles. (Je m'étais fait percer les oreilles pour mes dix ans, c'était mon cadeau d'anniversaire.) J'attendis.

— Nous avons besoin que tu nourrisses notre « starter ». Il ne mourra pas si tu ne le nourris pas, mais c'est très important pour Geoffrey et moi. Il est tellement nouveau qu'il a besoin d'un soin particulier.

— Je pense que vous devriez m'expliquer ce que je dois nourrir.

Gwendolyn regarda ses genoux et dit :

— C'est notre starter.

Bon, si j'avais bien compris, elle parlait d'un *démarreur*, parce que je ne voulais pas avoir à nourrir un furet, un hamster ou un cochon d'Inde, ni une quelconque variété de souris. Je n'aimais même pas Mickey.

— Nous aimerions que tu le nourrisses une fois pendant notre absence. Une seule fois. Nous aimerions que tu fasses cela pour nous. Tu veux bien ? Pour Geoffrey et moi ?

— Je le ferai si vous me dites ce que c'est qu'un starter.

— C'est un mélange de farine et d'eau qui contient le ferment qui permet de faire lever le pain. Notre levain est très réputé. Nous l'avons fait venir de San Francisco. Je ne l'ai pas encore utilisé, il est encore tellement nouveau, mais quand je le ferai, notre pain sera au levain.

— Et vous voulez que je le nourrisse ?

Elle gloussa comme une petite fille et essaya de me prendre la main que je gardais hors de sa portée.

— C'est le ferment, sotte. Le ferment est un organisme vivant qui a besoin d'être nourri. C'est une sorte de champignon utilisé dans la fermentation du pain pour le faire lever. Même si les instructions précisent qu'on peut le laisser un mois sans nourriture, il est nouveau et spécial. Nous ne voulons pas le laisser trop longtemps. Je vais le nourrir aujourd'hui, et si tu veux venir à la maison, je te montrerai comment faire.

Nous sommes entrées au 17, place Schuyler par la porte de derrière. Les Klinger étaient les premiers à avoir ajouté une pièce sur l'arrière pour en faire un salon. Ils avaient aussi complètement refait la cuisine, et ajouté de grandes fenêtres au fond. Elles captaient le soleil de l'après-midi qui réchauffait et éclairait la pièce. C'était la pièce la plus agréable de la maison. Les plans de travail supportaient plus d'appareils ménagers que je n'en avais jamais vus, même dans un catalogue de Williams-Sonoma. Sur un tableau magnétique, une gamme complète de couteaux du plus petit au plus grand, comme les touches d'un xylophone et, suspendues à un présentoir en hauteur, des casseroles aux formes plus nombreuses qu'on en trouverait dans un livre de géométrie.

Gwendolyn sortit du réfrigérateur un bocal d'un demi-litre muni d'un joint en caoutchouc et d'une fermeture en métal pour assurer l'étanchéité. Elle l'ouvrit et une odeur aigre emplit la pièce. Je grimaçai, mais Gwendolyn ne sembla pas s'en apercevoir. Je toussai.

— Qu'est-ce que c'est sur le dessus ? lui demandai-je, en montrant un liquide foncé et figé qui flottait sur le haut du pot.

Elle sourit.

— C'est ce qu'on appelle la *gnôle*, c'est le liquide qui vient de la fermentation. La levure est aussi utilisée pour faire de la bière ou du vin.

Elle me montra alors, avec une patience affectueuse, comment nourrir un ferment. À chaque étape, elle affinait ses instructions avec un commentaire sur ce qu'il fallait faire et ne pas faire. Quand elle remua la mixture avec une cuillère en bois, elle me prévint :

— Ne jamais utiliser une cuillère métallique avec le ferment.

Elle poursuivit son bourdonnement d'explications tout en mélangeant lentement, lentement le liquide jusqu'à ce que la mixture commence à mousser. Elle mesura avec beaucoup de soin une tasse pleine de cette mousse qu'elle retira, puis, tandis qu'elle rinçait et essuyait le verre gradué, elle me dit :

— Nous n'utilisons pas d'eau du robinet. Elle est trop chlorée.

Me disant de bien faire attention que le ménisque ne dépasse pas la graduation d'une tasse tenue à hauteur d'yeux, elle remplit le verre d'eau minérale — ni trop froide, ni trop chaude —, puis mit l'eau dans le pot et poursuivit par une cuillère de poudre blanche sortie d'une boîte sur laquelle était écrit FARINE. Elle mélangea de nouveau la mixture avec la cuillère en bois et couvrit le pot avec un torchon.

— Nous le laissons reposer un petit moment à température ambiante afin que les nouveaux ingrédients puissent se mélanger avec les anciens, avant de refermer le bocal puis de le remettre au réfrigérateur.

Elle me tendit la clé de sa porte de derrière.

— Nous aimerions que tu viennes vendredi faire cela pour nous. Juste une seule fois.

Elle joignit les mains comme en prière pour me demander :

— Tu le feras ?

J'acquiesçai.

— As-tu des questions ?

Je ne voulais pas en poser, mais j'en avais quand même une.

— Qu'est-ce qu'un ménisque ?

— La surface convexe supérieure d'un liquide.

— Et il doit se trouver à la première graduation du verre ?

— Le bas du ménisque doit s'y trouver. C'est ça, le bas de la courbe du ménisque doit se trouver à la première graduation du verre.

— Au niveau des yeux.

— Oui, au niveau des yeux, répéta-t-elle. Voudrais-tu que je te note les instructions ?

— Non, merci.

— Est-ce que ça t'ennuierait de me les répéter ?

— Oui.

— Alors ?

Je plissai les lèvres, relevai les sourcils, et tendis mon nez vers elle pour qu'elle lise le langage de mon corps. Je me tus.

— Oh, dit-elle avec un sourire embarrassé. Tu penses que tu les connais déjà ?

J'opinai de la tête.

Le temps s'était maintenu toute la semaine. Vendredi, oncle Alex craignait que ses roses fassent des boutons trop vite et prennent un coup de gel tardif. J'allai nourrir le ferment en milieu de matinée, puis je vins retrouver mon oncle, nous déjeunâmes tôt. Ensuite je mélangeai les couleurs pour la peinture désormais connue sous le nom de sorbet orange. Oncle Alex supervisa, ce qui le retarda pour la Zone Temps. Il téléphona à Morris pour lui dire qu'il serait en retard et me demanda de promener Tartuffe pendant qu'il se préparait. Le soleil, qui nous avait réchauffés tout le jour, était haut et chaud quand je mis sa laisse à Tartuffe et fis un saut chez les Klinger pour remettre le ferment au réfrigérateur.

Je n'avais même pas fini d'ouvrir la porte de la cuisine que je sentis que quelque chose n'allait pas. C'était une véritable puanteur. Je crus que j'allais m'évanouir ou vomir. Avant que j'aie le temps de reprendre ma respiration, Tartuffe se précipita pour lécher le ferment sur le sol. Des éclats de verre étaient parsemés sur un paysage lunaire de pâte de farine. Il y avait des flaques de ferment partout.

Tartuffe courait en tous sens dans la cuisine, dérapait des quatre pattes, léchait le sol en dispersant des monceaux de farine grise. Il était devenu fou. Il fallait que je le sorte de là. Glissant et patinant, hurlant des grossièretés que j'avais seulement lues dans des livres interdits, je me frayai un chemin jusqu'à Tartuffe et j'essayai de le tirer par son collier. Il ne bougeait pas d'un poil. Pendant des années, il avait été entraîné à sentir l'odeur de moisi des truffes. C'était l'occasion rêvée de mettre son enseignement en pratique !

— Stop ! criai-je. Arrête-toi immédiatement !

Mais Tartuffe nageait dans le bonheur du ferment. Il nettoyait le sol avec sa langue. Je savais qu'il ne sentait rien, même pas – Dieu nous en garde ! – le verre qu'il avalait.

Je traversai la cuisine visqueuse dans l'autre sens pour me ruer chez mes oncles. Heureusement, oncle Alex n'était pas encore parti. Il sut reconnaître la panique en me voyant. Il me suivit en courant jusqu'à la porte voisine. Il entra le premier et se faufila calmement derrière Tartuffe pour l'attraper par l'arrière-train. Tartuffe lui jeta un rapide coup d'œil – je crois même qu'il grogna – avant de repartir lécher la mixture nauséabonde, liquide et pâte. Ses pattes firent un bruit de ventouse quand mon oncle réussit à le soulever du sol.

De retour au 19, Tartuffe commença à courir tout autour de la cuisine, sans s'arrêter.

– Il est soûl, dit mon oncle.

– Et si on lui donnait du café noir ?

– Ça ne peut pas lui faire de mal.

Me tendant la laisse, il me demanda :

– Essaye de l'emmener marcher dehors.

Je lui fis faire le tour du quartier, en tirant sur la laisse pour qu'il avance. Il avait le ventre gonflé et la peau de son bas-ventre, qui n'avait jamais été particulièrement jolie, ressemblait à un pâté impérial cru qu'un cuisinier négligent aurait fait tomber dans de la sauce de soja. Quand je revins, oncle Alex passait le café (le café instantané était interdit dans cette maison. Oncle Morris disait qu'il crachait dessus.)

Tartuffe se roula en boule dans son coin, péta trois fois, et s'endormit.

– Est-ce que tu crois que ça va aller ? demandai-je, inquiète.

— Réveille-le et fais-le bouger, me répondit mon oncle.

Il regarda son pantalon et sa chemise. La farine commençait à sécher comme des grosses taches de ciment de Portland.

— Dès que le café sera passé, rafraîchis-le et vois si tu peux lui en faire boire un peu. Je monte me nettoyer. Appelle ton oncle, s'il te plaît, pour lui dire que j'ai raté le bus.

Oncle Morris partait tous les jours un peu irrité à cause de son frère. Ce serait la deuxième fois qu'on l'appellerait pour le prévenir du retard d'oncle Alex. Normalement, si Alex ratait son bus, il appelait une fois et Morris explosait. Mais j'avais eu assez d'explosions pour aujourd'hui, je commençai donc par lui dire :

— Oncle Morris, c'est Margaret, et j'ai fait une terrible erreur.

C'est en lui racontant dans le détail ce que j'avais fait, que je compris que j'avais raté une étape. Dans la masse des sous-instructions concernant le ménisque et la hauteur des yeux, j'avais oublié de mettre un torchon sur le pot pendant que le ferment se mélangeait. J'avais remis le couvercle trop tôt. Le soleil qui entrait par les grandes fenêtres des Klinger avait accéléré la formation des gaz, qui avait fait éclater le pot.

Oncle Morris me dit :

— Ne t'inquiète pas. C'était une erreur. J'attends l'arrivée d'Alex. Dès qu'il sera là, je rentrerai à la maison pour t'aider.

Avant de raccrocher, il demanda :

— Comment va Tartuffe ?

— Il dort comme un loir. Il cuve son ferment.

Le temps que je m'assure de l'état de Tartuffe, la pâte avait durci et avait collé au sol impeccable des Klinger. Une fois oncle Morris revenu, nous posâmes des serviettes en papier humides sur les boulettes pour les ramollir avant de pouvoir les racler sans abîmer le sol. Ça nous prit des heures.

J'insistai pour que mes oncles m'accordent une avance sur mon argent de poche afin d'acheter un nouveau ferment et de payer les frais de livraison en express, mais celui-ci n'arriva qu'après le retour d'Arizona de Geoffrey et Gwendolyn. J'allai chez eux avec le nouveau ferment et mes excuses. Quand je leur racontai l'épisode de Tartuffe, ils ne rirent pas.

— J'ai raté une étape, leur avouai-je.

— Si tu te souviens bien, Margaret, je t'avais proposé de te noter les instructions, et je t'avais demandé de me répéter les différentes étapes.

— Je m'en souviens.

— Alors dirais-tu que c'est de la négligence ?

— Mais totalement involontaire. Je ne l'ai pas fait exprès. J'ai fait une erreur. Je me suis trompée, insistai-je. Je ne voulais pas tuer votre ferment, et j'en suis désolée. Si mes excuses, le ménage et le nouveau ferment que je vous ai acheté ne suffisent pas, il faudra que vous me poursuiviez en justice.

Geoffrey rit désagréablement.

— Non, non, lâcha-t-il.

Il examina le nouveau ferment que j'avais apporté.

— Il vient du même endroit que le nôtre, Gwennie. Qu'est-ce que tu en dis, on recommence ?

Gwennie secoua la tête et murmura :

— Je lui avais demandé de répéter les instructions.

Je partis.

Ni Geoffrey ni Gwendolyn ne demandèrent des nouvelles de Tartuffe.

Plus tard ce printemps-là, pendant que mes oncles assuraient l'entretien des tours — après les avoir peintes avec mon sorbet orange — Geoffrey Klinger qualifia les tours de « mauvaise blague ». Oncle Alex répliqua :

— Les tours elles-mêmes sont une blague, monsieur Klinger. Elles seraient inutiles si elles ne l'étaient pas.

Et Geoffrey Klinger rétorqua :

— Nous avons, vous et moi, des définitions très différentes d'inutile.

— Et des blagues aussi, conclut oncle Alex.

## Le temps et ta part de l'Histoire

J'étais de l'autre côté de la rue et je regardais l'enseigne peinte avec goût des Klinger, en me disant que j'aurais préféré que Geoffrey et Gwendolyn soient allés en Arizona pour étudier les tourtes plutôt que les torts. De toute évidence, ils souffraient d'un TOC, trouble obsessionnel-compulsif. Ces gens-là méritent notre pitié. Mais les Klinger n'étaient qu'une partie du problème. La plus lourde part de la tricherie appartenait à l'Association des propriétaires de la vieille ville et à l'Autorité du réaménagement. Les Klinger étaient des ennemis tout simplement parce qu'ils en étaient membres. Qu'est-ce qui permettait aux propriétaires et aux personnes du réaménagement de croire qu'ils avaient le droit de détruire une chose qui faisait partie de la ville bien avant qu'ils y viennent ?

J'avais identifié l'ennemi, j'étais prête à me battre.

Ce serait moi contre eux, comme cela avait été moi contre les anciennes. À la grande différence près que je me battrais pour défendre autre chose que ma douce petite personne.

## Quand tu seras plus grande, *édes* Margitkam

En un seul jour, j'avais déjà vieilli.

## Tu comprendras que tout ce que tu as c'est du temps

Je vérifiai ma montre digitale. Il me restait quatre heures et demie avant le retour d'oncle Morris. Quatre heures et demie toutes à moi. Quatre heures et demie pour réfléchir et huit jours et demi pour passer à l'action.

## Tu as le temps et ta part de l'Histoire

Je n'avais pas beaucoup de temps, mais j'avais quarante-cinq années d'Histoire de mon côté.

## Et c'est tout ce que tu as

Mais ce n'était pas tout ce que j'avais. J'avais aussi en tête deux des trois étapes qui me permettraient de changer le cours des choses.

La première était de ne pas me contenter de la situation telle qu'elle était ; je l'avais déjà franchie depuis longtemps. J'étais plus que mécontente, j'étais défaite.

La seconde était le désir que j'avais de changer les choses. J'y étais déjà, je brûlais de les changer.

La troisième était d'avoir un plan.

Malheureusement, ce point-là appartenait encore à mon avenir.

Oncle Alex avait dit qu'on ne pouvait pas empêcher l'Histoire de se dérouler, parce que tout le temps qui passe est de l'Histoire. Mais l'avenir est fait de choix. Et les choix d'une seule personne peuvent changer l'avenir de l'Histoire même si la personne en question est mineure et n'a pas de permis de conduire ni de carte de crédit. Je pensai à Jeanne d'Arc (mais pas à son destin) et à Anne Frank (mais pas à son destin non plus).

Dès que j'eus un plan, je fus prête à changer l'Histoire.

# 15

À peine rentrée à la maison, je composai le numéro
que m'avait donné Mme Vanderwaal. Je m'attendais
à tomber sur un répondeur, mais c'est quelqu'un qui me
répondit. Surprise, je demandai :

— Qui est à l'appareil ?

Une voix agréable d'homme me répondit :

— C'est Peter.

Une pause.

— Et toi, qui es-tu ?

— Margaret Rose Kane, commençai-je, puis j'enchaînai
sans m'arrêter. Je suis la fille de Naomi Landau, la fille
de Margaret Rose Landau, qui était la sœur de Morris et
Alexander Rose. C'étaient vos voisins quand vous habitiez
au 21, place Schuyler. Je suis leur petite-nièce, Margaret
Rose, et il faut que je vous parle.

— Peut-on commencer par le commencement, s'il te plaît ?

Peter Vanderwaal avait légèrement gommé son accent natal d'Epiphany et opté pour les intonations de la famille royale britannique. Il y avait aussi dans sa voix quelque chose de chaleureux et d'aimable.

— On dirait qu'il y a urgence.

— C'est très urgent.

— Parce que ?

— Parce que les tours vont être détruites, sauf si nous arrivons à les sauver.

Je l'entendis retenir son souffle. Je commençai à lui lire l'article du journal. Il m'interrompit quand j'en étais au passage : « *La ville a affiché le permis de démolir les structures pour...* » Il me demanda de répéter ce que je venais de lire.

— ... démolir les structures...

— Aha ! Voici leur première erreur, s'exclama-t-il.

— Laquelle ?

— Structures, c'est là qu'on va les avoir, dit-il.

— Là, où ?

— Les tours ne sont pas des structures. Ce sont de grands travaux d'art brut.

— Est-ce que l'art brut veut dire que ça ne se fait pas avec de bonnes manières ?

— Non, non, ma chère. L'art brut se situe en dehors des sentiers battus.

Ne lui avait-on pas appris dans son université BCBG à ne pas donner la définition d'un mot avec le mot à définir ?

Il poursuivit :

— La plupart des gens appellent ça de l'art populaire. Ça signifie qui a été fait par quelqu'un qui n'a pas été formé officiellement.

J'avais déjà entendu dire que les tours étaient une mauvaise blague, superflues, ou une perte de temps, mais jamais des œuvres d'art.

— Vous voulez dire que mes oncles sont des artistes ?

— Oui, Margaret Rose, c'est exactement ce que je veux dire. Ils rentrent dans cette catégorie : ces artistes créent leurs propres techniques et utilisent des matériaux dont les artistes confirmés ne se servent pas. Ce sont vos oncles. L'art brut est moins raffiné, moins restreint que l'art grand public, il garde toujours quelque chose de sauvage, un artiste brut c'est comme un violoniste gitan. On l'est ou on ne l'est pas. Tu ne vas pas — tu ne peux pas aller — à l'école pour le devenir. Il en est de même pour les tours.

— Et ça veut dire que ce sont des œuvres d'art ?

— Oui, tes oncles sont des artistes, et les tours ne sont pas des structures construites sans permis ou sans plans. Ce sont de véritables œuvres d'art, et même, ce sont des chefs-d'œuvre.

Des chefs-d'œuvre, mes oncles étaient les auteurs de chefs-d'œuvre. Dire qu'il y en avait trois dans le jardin arrière du 19, place Schuyler ! Et moi qui ne m'en étais pas rendu compte !

— Vous êtes sûr que mes oncles sont des artistes ? lui demandai-je.

— Certain.

— Et que les tours sont des chefs-d'œuvre ?

— Oui, elles le sont. Mais Margaret, je propose que tu te remettes de ce choc pour que nous puissions discuter du problème. Il faut d'abord que j'entende le reste de l'article. Continue.

Lorsque j'eus fini, il me demanda :

— Est-ce que ta mère est au courant de cette catastrophe imminente ?

— Oui, mais elle ne peut pas nous aider. Elle est partie faire des fouilles archéologiques.

— Vraiment ? Comme c'est intéressant. J'aurais toujours voulu faire ça moi aussi. Et ça se passe en Égypte ?

— Au Pérou.

— Ah, oui, bien sûr, ça ne collerait pas avec l'Égypte, il y a cette histoire juive.

Il se tut un instant, puis demanda :

— Tes oncles n'ont pas posé d'étoile de David ou quoi que ce soit de religieux au sommet de ces tours, n'est-ce pas ?

— Non, juste des cadrans de pendules.

— Oui, oui. Tout à fait laïc. Aucun des voisins ne s'est jamais opposé à ce que nous mettions des guirlandes de Noël sur les tours. Une année, mon père avait même accroché au sommet de l'une d'elles Rodolphe le renne au nez rouge. Enfin, Rodolphe n'a rien de religieux, bien que, si on veut à tout prix chercher des noises, il ait quelque chose à voir avec Noël, et donc avec la religion. Tu ne penses pas que les voisins sont antisémites, n'est-ce pas ?

— Non, ce sont des avocats.

— Voilà notre vrai problème pour l'instant, Margaret.

— Ils disent s'inquiéter pour la sécurité.

— Sornettes ! Ces tours sont sans danger. J'ai grimpé sur chacune d'entre elles, jusqu'au sommet tous les Noëls quand je vivais à Epiphany. Je te l'assure, je ne suis pas un athlète, j'ai une mère très protectrice, et personne ne s'est jamais inquiété de ma sécurité. Ces tours sont sans danger, ma chère. Elles ont été construites un échelon après l'autre. Chaque partie était faite pour s'ajuster parfaitement à l'autre avant d'être ajoutée. C'est ce qu'on appelle une construction *modulaire*. Les échelons sont placés juste assez haut pour que tes oncles puissent les atteindre, et ils ne sont pas très grands. Les tours ont supporté leur poids à tous les deux, et en même temps, et tu auras sans doute remarqué qu'ils ne sont pas particulièrement maigres non plus.

— Ils mettent de la vraie crème dans leur café, monsieur Vanderwaal.

— Très civilisé, mais peu pertinent pour le cas qui nous intéresse.

Il réfléchit un moment.

— Ces tours ont traversé des tempêtes qui ont renversé des chênes imposants, supporté des pluies verglaçantes qui ont fait craquer des câbles aussi gros que mon poignet, et rien ne leur est jamais arrivé à part quelques pendentifs qui se sont décrochés. Je peux assurer à quiconque que si les forces de la nature ne les ont pas fait tomber, rien ne le fera jamais. Ces tours ont été construites pour durer. Il faudrait un bâton de dynamite pour les abattre. Ils ne vont quand même pas risquer de les dynamiter... ou bien si ?

— Un rapport indique qu'elles seront déconstruites du sommet vers le bas. Eddie Foscaro dit qu'il ne peut pas les abattre comme des séquoias, car il n'y a pas assez de place pour qu'elles tombent, ni les faire exploser, parce qu'elles sont trop proches des autres maisons.

Peter Vanderwaal réfléchit encore une minute.

— Laisse-moi te dire, Margaret Rose, en réalité cette parodie de l'APM n'est qu'une question d'argent. Ces vieilles maisons de la verrerie ne sont pas des habitations, pour ces bobos. Ce sont des investissements. Ils cherchent juste un moyen d'obtenir de l'argent de ce placement en revendant avec profit. Les avocats pensent que la valeur de leurs propriétés augmentera si leur idée de la réalité historique prévaut. Ne te méprends pas. Ce qui est encore plus destructeur qu'une personne persuadée que son idée est la meilleure, c'est un groupe de gens convaincu d'être le seul et l'unique à détenir la bonne réponse. Et quand ce groupe est composé d'avocats, il faut faire attention.

Il reprit sa respiration.

— Il faut agir pour arrêter cet Armageddon[1] culturel.

Il reprit à nouveau sa respiration.

— Si nous pouvons stopper la démolition en attendant que je trouve quelque chose qui prouve que les tours ne sont pas des structures mais des œuvres d'art, nous avons une chance de les sauver.

— Avez-vous un plan ?

— Je vais commencer par les deux choses que tout adulte fait quand il doit affronter un problème.

---

1. Lieu symbolique du combat final entre le Bien et le Mal, d'où l'usage fréquent de ce mot pour désigner les éventuels événements évoquant la fin des temps ou des catastrophes d'ampleur planétaire.

— Et qu'est-ce que c'est ?

— La première, c'est de créer un comité de soutien ; la seconde, c'est de lui donner un nom.

— D'accord. Quel nom allez-vous donner au comité ?

— Pas moi, nous. C'est très important de nommer un comité, c'est *nous* qui allons donc le faire. Je propose Comité pour la préservation culturelle. Oui, ça sonne très bien. Il y a deux mots positifs sur trois : préservation et culturel. Tout le monde est en faveur de *la culture* et de *la préservation*, et tout le monde doit vivre avec des comités.

— Le CPC, répétai-je.

— Oui. En abrégé, ça fera CPC, ce qui sonne aussi très bien. On ne veut pas d'acronymes, c'est complètement démodé.

— Alors qui fera partie de notre comité ? Mes oncles ?

— Non, non, non, Margaret Rose. Excuse-moi, mais tes oncles doivent rester en dehors. Tout à fait. Ils ne doivent pas montrer l'ombre d'un quelconque intérêt. Ils doivent rester astucieusement indifférents.

— Ça ne sera pas difficile. On dirait qu'ils ont abandonné. Je crois qu'ils sont résignés à l'idée que les tours vont tomber, mais je connais quelqu'un qui sera ravi de faire partie de notre CPC. C'est Jacob Kaplan, un artiste, et un grand admirateur des tours.

— Qui est-ce ?

Je profitai de l'occasion pour répéter son nom.

— Jacob Kaplan, c'est un artiste, il aime les tours, et il va peindre une rosace au plafond de ma chambre. Il sera heureux de faire partie du CPC.

— Très bien, dit Peter, ce sera parfait. Mais nous avons besoin de « faiseurs de pluie », des gens connus pour faire bouger les choses. De gens qui ont du prestige. De gens issus du milieu de l'art, qui peuvent obtenir des résultats. J'en connais quelques-uns. Je les ferai signer. J'ai des photos des tours que j'ai prises aux différents stades de leur construction.

— Votre mère a une photo de vous et de ma mère avec Loretta Bevilaqua sur les tours. Est-ce que ça ne prouve-rait pas que les tours sont sans danger ?

— Peut-être. Mais ce n'est pas l'angle sous lequel je vais travailler. Je vais constituer un groupe pour déclarer que les tours sont des œuvres d'art. Mon groupe, bien entendu, sera composé de *consultants*.

— Vous allez former un groupe de consultants ?

— Ma chère Margaret Rose, une chose pareille n'existe pas. Les consultants sont réputés pour travailler *avec* des comités, et parfois même avec un seul comité, mais ils ne *constituent* jamais de groupes pour la simple raison que chacun d'entre eux est persuadé que son opinion pèse un poids tel qu'il n'est pas nécessaire qu'il y en ait plusieurs. Donc, je vais devoir récupérer leurs avis un par un.

— Et moi, sous quel angle vais-je travailler ?

— Je suis content que tu me poses la question. Voici les trois premières choses que tu dois faire : Un, stopper la démolition. Deux, stopper la démolition. Trois, stopper la démolition.

— Comment ?

— De toutes les **manières** possibles. Quand cela doit commencer ?

— La semaine prochaine.

— Alors tu mesures l'importance du boulot ?

Je vis soudain oncle Morris garer la voiture dans l'allée.

— Je vais réfléchir, monsieur Vanderwaal, il faut que j'y aille.

— Tu gardes le contact.

— Vous aussi, répondis-je, et je raccrochai quelques secondes à peine avant qu'oncle Morris ne franchisse la porte.

# 16

Après que mes oncles furent montés pour assembler l'échafaudage, je trouvai *Bevilaqua* dans l'annuaire téléphonique. Il n'y en avait qu'une. J'attendis pour l'appeler que les chamailleries de mes oncles s'arrêtent, et que les « clangs » du métal ponctuent la musique de Mozart qui sortait de la radio de ma chambre.

Je ne m'attendais pas à avoir une longue conversation avec Mme Bevilaqua. Je voulais simplement trouver le moyen de joindre sa fille, mais Mme Bevilaqua était seule, curieuse et très fière de sa fille. Alors elle me posa plein de questions, sur ma mère, sur mon père et sur mes oncles. Elle chercha à savoir la raison pour laquelle je voulais joindre Loretta, et quand je le lui dis, elle s'exclama :

— Oh oui, ma Loretta aimait les tours. Surtout à Noël. Elle aidait à les décorer. Ta mère aussi. Tout le voisinage participait. Même Peter, le petit Vanderwaal, un garçon potelé.

## Surtout à Noël

*L'année où la Tour Un avait été terminée et où mes oncles avaient préparé les fondations de la Tour Deux, les Bevilaqua et les Vanderwaal demandèrent s'ils pouvaient accrocher des guirlandes de Noël sur la Tour Un. Mes oncles ne fêtaient pas Noël, mais c'était dans l'air et de saison, alors ils dirent oui. Ainsi débuta la tradition des guirlandes de Noël. Tout le monde, y compris ma mère, participait à la décoration des tours.*

*Quand la Tour Deux commença à monter, et bien avant qu'elle ne soit finie, elle aussi avait été ornée et l'année suivante, décorer et éclairer les tours devint un projet du quartier. Le soir dit, John Flanagan, un voisin policier, posait des barricades et fermait la place Schuyler de la rue Melville à la rue Rinehart, et tous les voisins se rassemblaient là pour chanter des chansons de Noël, boire du vin chaud et manger des beignets. Alors M. Vanderwaal, qui était électricien, actionnait l'interrupteur, et les lumières des tours s'allumaient.*

*Cette tradition se poursuivit même après que les Bevilaqua eurent quitté le voisinage. La dernière année de la fête de notre quartier, l'Epiphany Times publia un article sur les décorations de fêtes, et les tours firent la une de la rubrique. On y* disait qu'elles méritaient d'être vues. Même des personnes qui évitaient de passer par là le soir tombé y circulaient en voiture pour admirer les lumières des tours. Les bus de la ville ralentissaient pour laisser les gens regarder.

La tradition ne prit fin que l'année suivant ma naissance. Les Vanderwaal et les Bevilaqua avaient déjà déménagé depuis longtemps, et bien avant, leurs enfants Loretta et Peter avaient eux aussi quitté Epiphany tous ensemble.

Je demandai à Mme Bevilaqua si elle voulait bien me donner le numéro de téléphone de Loretta. Elle me répondit :

— Ma Loretta, c'est une pointure chez Infinitel. Tu as entendu parler d'Infinitel, hein ?

Je lui dis que j'avais vu leurs publicités à la télé.

— C'est une compagnie téléphonique dont la devise est « Nous faisons le déplacement pour vous », non ?

— C'est exactement ça.

Puis elle répéta leur devise et me dit que Loretta était responsable du SCP d'Infinitel, la division des Services de communication personnels, leur nouveau département de téléphones sans fil.

— Elle occupe un grand bureau d'angle dans l'un des plus grands immeubles de New York. D'un côté ses fenêtres donnent sur la rivière et de l'autre sur un pont, qui mènent l'une et l'autre quelque part à Brooklyn.

Mme Bevilaqua dit à Margaret que Loretta avait épousé un certain Homer Smith.

— Dans les affaires, elle n'a pas pris le nom de Smith. De toute façon elle a divorcé de ce *Smith*, elle est donc toujours une Bevilaqua. Son entreprise ne voulait pas qu'elle utilise Smith. Quand les grands pontes d'Infinitel entendent *Bevilaqua*, ils savent ce que cela signifie.

Je demandai à nouveau s'il serait possible de joindre Loretta.

— Tu veux celui de la maison ou du bureau ?

— Les deux, si c'est possible.

— Au bureau, elle dispose d'un secrétariat, ce qu'on appelle une *assistance administrative*. Ce n'est d'ailleurs pas une femme, mais un homme qui l'assiste. Il ne laisse passer personne sauf s'il s'agit d'affaires. De grosses affaires. Il demande très poliment : « Qui dois-je annoncer, s'il vous plaît ? » et il filtre tous les appels. Mais Loretta a deux autres lignes au bureau. L'une réservée uniquement au personnel d'Infinitel qui cherche à la joindre, ça s'appelle Intracom. Je me demande pourquoi elle n'a pas trois téléphones… Ils pourraient le payer. Enfin, c'est son travail. Et l'assistant administratif doit garder une trace des appels. Maintenant, je vais te donner son numéro, reste en ligne.

Quand elle prit le téléphone, Mme Bevilaqua me donna deux numéros, l'un au bureau, l'autre au domicile.

— Le numéro de la maison est sur liste rouge. Il est tout à fait privé, ce qui signifie que personne ne l'a à moins que je le lui donne. *Capisci* ?

Cah-peesh-ee ? Je devinai que Mme Bevilaqua voulait savoir si j'avais compris. Je hochai la tête, et elle me demanda de nouveau :

— *Capisci* ?

— Oui, oui, je comprends tout à fait.

— Qu'est-ce que tu comprends ?

— Que je ne dois pas la déranger sauf si c'est important. Très important.

— Oui, *capisci*.

Après m'avoir donné les deux numéros, et les indicatifs, elle me conseilla d'appeler Loretta le soir à la maison, sinon « tu ne passeras pas l'assistant administratif ». Je la remerciai, et elle me dit :

— Loretta aimait les tours, en tout cas. Moi aussi, surtout à Noël.

Je décidai que comme c'était déjà le soir, le meilleur moment pour téléphoner à Loretta Bevilaqua, c'était immédiatement.

Elle décrocha au bout de trois sonneries. Je me présentai de la même façon que je l'avais fait avec Peter Vanderwaal, en mentionnant ma mère et mes oncles.

Loretta me demanda :

— Comment vont-ils ?

Je lui expliquai que ma mère était au Pérou et que mes oncles étaient déprimés. Elle voulut savoir pourquoi, je la mis donc au courant des tristes événements concernant les tours. Elle m'écouta tout du long sans m'interrompre, puis elle dit :

— La légalité devrait être la première chose sur laquelle les avocats devraient travailler. En déclarant les tours illégales, ils ont la loi de leur côté ; et en faisant établir que le quartier est un point de repère historique, ils peuvent arguer qu'ils ont augmenté la valeur de la propriété de tes oncles. Ce qui la ferait monter plus encore, ce serait de restaurer le quartier comme il l'était avant que les tours ne soient construites. Il n'est pas aussi vieux que Williamsburg, mais...

— Oncle Morris crache sur Williamsburg. Il dit que tout ça peut paraître exact, mais que ce n'est pas vrai. Il dit que ça donne un sens nouveau à l'expression *véritable charlatan*.

— Mais la vieille ville serait beaucoup plus vraie. Les immeubles ne seraient pas reconstruits. Ils seraient restaurés. La vieille ville ne serait pas muséifiée comme Williamsburg. Ce serait un monde vivant comme le quartier du Rainbow Row à Charleston. En déclarant que le quartier est un trésor historique, on fait augmenter la valeur de la propriété de tes oncles avec toutes les autres.

— Peter Vanderwaal dit que les tours sont des trésors artistiques.

— Tu as parlé à Peter ?

— Oui.

— Quand ?

— Aujourd'hui.

— Comment va-t-il ?

— Bien. Il dit que les seules valeurs que ces avocats et ces propriétaires de maisons connaissent sont les valeurs des propriétés. De leurs propriétés. Ils ne s'intéressent qu'au profit, pas à l'art, et Peter dit aussi que les tours sont de l'art. De l'art brut. Qu'elles sont l'expression personnelle de mes oncles, et qu'ils ont le droit de s'exprimer. La liberté d'expression fait partie de la loi.

— Comme l'est ce qu'on appelle le « bien public », le bien-être de la communauté. Il y a quelques années, un artiste qui s'appelle Christo, un Bulgare, a fait une chose qu'il a appelée *the running fence*[1]. Il a déroulé un rideau blanc sur trente-neuf kilomètres et demi, des collines de Californie, au nord de San Francisco, jusqu'à l'océan. Ça lui a pris quarante-deux mois et dix-huit audiences publiques.

---

1. « La clôture en mouvement ».

— Mes oncles n'ont jamais eu d'audiences publiques.

— Et la permission de cinquante-neuf propriétaires de ranches...

— Mes oncles ne savaient pas qu'il fallait une permission.

— ... pour approuver ses plans...

— Mes oncles n'ont jamais eu de plans.

— ... et un rapport d'impact environnemental de quatre cent cinquante pages...

— Mes oncles n'ont jamais eu d'impact sur l'environnement, juste sur le voisinage.

— ... et il a supporté tous les frais pour le mettre en œuvre.

— Mes oncles n'ont jamais demandé un centime à qui que ce soit.

— Et deux semaines après avoir terminé sa clôture, il l'a démontée. Aujourd'hui, sur les collines, il n'en reste rien.

Je réfléchissais à tout ça depuis un bon moment quand Loretta me demanda :

— Margaret, **tu es** toujours là ?

— Oui, je suis là, répondis-je, et voilà ce que j'ai à dire au sujet des quarante-deux mois, c'est que c'est bien différent de quarante-cinq ans. Et concernant *the running fence*, je pense que son démontage faisait partie du projet. C'était une part importante de son processus, mais ce n'est pas le cas pour les tours. Mes oncles n'ont jamais songé qu'elles seraient détruites un jour. Elles ne sont même pas finies. Ils étaient prêts à en commencer une quatrième, mais ils ne l'ont pas fait.

— Et à propos de clôtures, est-ce que tes oncles pourront garder les clôtures ?

— Oui. On ne les voit pas de la rue. Ce qui montre qu'ils ne sont intéressés par le bien public qu'en apparence.

— Est-ce qu'ils laisseraient tes oncles garder les tours s'ils retiraient les parties qui dépassent les toits des maisons ?

— Je ne leur demanderais jamais une chose pareille, dis-je, choquée. Ça détruirait... ça détruirait l'ensemble, toute la majesté de l'ensemble.

Je n'avais jamais employé le mot *majesté* auparavant. C'était venu tout seul d'une partie profonde de moi, qui savait. Les mots peuvent être dans votre âme avant d'entrer dans votre vocabulaire. Que la vieille amie de ma mère prenne le parti adverse me rendait malade. Cette femme me rendait malade.

— Êtes-vous avocate ? lui demandai-je.

— Oui. J'ai commencé dans le département juridique d'Infinitel.

— Maintenant je comprends pourquoi vous êtes de leur côté.

— De quel côté parles-tu ?

— Le leur ! Celui des avocats et des propriétaires qui habitent tout autour de chez mes oncles.

— Je suis navrée que ce soit ce que tu penses.

— Je le pense.

— Tu te trompes. J'aime vraiment les tours, et je vais les sauver. Maintenant, dis-moi ce qu'a proposé Peter.

— Il veut constituer un comité, le Comité de la préservation culturelle, et obtenir les signatures de « faiseurs de pluie » très renommés dans l'autorité artistique, pour une pétition en faveur du classement des tours comme œuvres d'art. Nous allons l'appeler CPC parce que les acronymes sont dépassés.

Loretta rit.

— Lui, il ne s'est pas moqué de moi.

— Moi non plus, c'est de Peter que je ris. Cela lui ressemble tellement de fonder un comité. Les « faiseurs de pluie des autorités artistiques » ! C'est un oxymore[2].

Elle rit encore.

— Et toi, que vas-tu faire ?

— Pendant ce temps-là, je dois les empêcher de détruire les tours.

---

2. Rapprochement de deux mots qui semblent contradictoires. (Ex. : un silence éloquent.)

— Ah, voilà un bon conseil, s'exclama Loretta. C'est aussi ce que je te recommande. Empêche-les de détruire les tours jusqu'à ce que je puisse les sauver.

— Comment allez-vous vous y prendre ?

— Je ne peux pas encore te le dire. J'ai d'abord beaucoup de travail à faire en coulisses. Nous allons mettre en place un plan en trois phases.

— Nous ? demandai-je aussitôt, suspicieuse.

Était-ce à nouveau un *nous* royal ?

— Oui. Toi, Peter et moi. Phase Un : Stopper. Phase Deux : Montrer. Phase Trois : Sauver. Tu es l'acteur le plus important de la Phase Un. Tu dois stopper la démolition.

— Comment dois-je faire ?

— Écoute, Margaret, j'ai envie d'œuvrer au sauvetage des tours, et je vais développer un plan, mais je ne m'occupe pas des détails. *Capisci* ?

— Oui, *capisci*.

— Non. *Capisci* signifie « Tu comprends ».

— Je comprends.

— Si tu comprends, tu dois dire *capisco*. Cah-PISS-co.

— C'est ce que je viens de vous dire. Je comprends !

Loretta Bevilaqua grogna un peu en signe d'agacement.

— Donc, tu comprends que tu dois stopper la démolition ?

— Oui.

— Quand tu l'auras stoppée, Peter, avec sa pétition du CPC, leur liera les mains pour un moment et ralentira le travail légal assez longtemps pour que j'entame la Phase Trois : sauver les tours.

Elle s'arrêta brièvement avant d'ajouter :

— De façon à ce que je puisse assurer ma part, ne serait-ce que pour commencer, il faut que tu achètes les tours.

— Je n'ai pas les moyens.

— Mais si, tu peux le faire. Arrange-toi pour que tes oncles te les vendent un dollar.

— Pièce ?

— Si tu veux, un dollar pièce.

— Elles valent beaucoup plus que ça.

— Bien sûr. À vrai dire, elles sont inestimables. C'est pour cela que je veux les sauver. Paie-leur ce que tu veux, ce qui est important c'est que tu en sois propriétaire. La loi comprend la propriété. Jusqu'à ce qu'un ordre de justice tombe pour confirmer la démolition des tours, elles t'appartiennent. Tant qu'elles sont à toi, quiconque essaye d'y toucher sans ton autorisation porte atteinte à la propriété privée. La possession représente neuf points de la loi.

— Sur combien ?

Éludant rapidement la question comme si elle n'en valait pas la peine, elle dit :

— Ça n'a pas d'importance. Obtiens une quittance et fais-la authentifier.

— Où est-ce qu'on peut faire ça ?

— N'importe où se trouve un notaire public. Je te l'ai dit, je m'occupe de la stratégie, mais pas des détails. Je démarrerai ma partie dès demain matin. Rappelle-toi, si tu veux sauver les tours, tu dois les acheter et stopper la démolition.

— Je veux absolument les sauver.

— Moi aussi.

Et, montant d'un cran, j'ajoutai :

— J'ai besoin d'elles.

— Moi aussi, répondit Loretta Bevilaqua.

Elle ajouta rapidement :

— Nous avons tous besoin d'elles.

Elle raccrocha avant que j'aie eu le temps de lui dire au revoir. Loretta était habituée à avoir le dernier mot.


**Quand les grands pontes d'Infinitel entendent *Bevilaqua*, ils savent ce que ça veut dire.**

Je le savais aussi.

# 17

Il était presque minuit quand le téléphone sonna. Mes oncles travaillaient encore à l'échafaudage. Oncle Morris décrocha le téléphone du haut avant que je décroche celui du bas. C'était Jacob Kaplan. Morte d'envie d'écouter, je ne dis même pas bonsoir.

— Je suis désolé d'appeler si tard, mais j'ai essayé plus tôt, la ligne était toujours occupée, s'excusa Jake.

— Vous avez dû vous tromper de numéro, déclara Morris. Personne n'était au téléphone ici. De toute façon, je ne m'en sers pas.

— Vous vous en servez, là.

— Un accident de proximité.

Dans ma tête, je voyais très bien oncle Alex coincé au sommet de l'échafaudage, obligeant oncle Morris à répondre.

Jake s'expliquait :

— J'ai appelé l'opérateur pour faire vérifier le numéro. On m'a bien confirmé que la ligne était occupée.

Alors Morris décréta :

— C'est Tartuffe.

Le combiné en main, il apostropha son frère :

— Ce chien qui t'appartient a décroché le téléphone.

J'ai entendu oncle Alex lui répondre :

— Ça ne peut pas être le chien.

Oncle Morris m'a ensuite appelée en bas :

— Margaret, est-ce que tu peux monter une minute, s'il te plaît ?

Je n'avais pas raccroché, alors je répondis dans le téléphone :

— Qu'est-ce qu'il y a ?

— Où es-tu ?

— En bas.

— Comment se fait-il que je t'entende si près ?

— Je suis au téléphone.

— Je croyais que j'étais en ligne avec Jake, fit remarquer Morris.

Jake confirma :

— C'est le cas.

— Nous sommes tous les deux en ligne, expliquai-je. Je suis sur l'autre appareil.

— Dis bonsoir à Jake, Margitkam, ordonna oncle Morris.

— Bonsoir, Jake, dis-je le cœur battant à tout rompre.

— Dis-moi, Margitkam, est-ce que Tartuffe a décroché le téléphone ?

Je détestais mentir. Je détestais devoir accuser Tartuffe, surtout devant oncle Morris, mais je ne pouvais pas dire la vérité.

— Oui. Je viens de m'en apercevoir.

Morris s'éloigna de l'appareil, en s'adressant à son frère :

— Qu'est-ce que je t'avais dit ? C'était ton bâtard.

— Tartuffe n'est pas un bâtard, il a un pedigree.

— Il n'aurait jamais dû être autorisé à entrer dans ce pays.

— Morris ! fulmina oncle Alex. Renseigne-toi sur ce que veut ce jeune homme. Il n'appelle pas d'aussi loin pour t'entendre insulter mon chien. Tu crois qu'il paie Ma Bell[1] pour que tu te chamailles avec moi ?

— Je ne suis pas sur Ma Bell, précisa Jake. J'utilise Infinitel pour les longues distances.

— Et vous allez me dire que c'est gratuit ?

— Non.

— Alors qu'est-ce que vous vouliez ?

— Je voulais vous dire que je serai là demain matin vers neuf heures, et que je mesure un mètre quatre-vingt-cinq

_____

1. Opérateur téléphonique.

et demi. Ne montez pas l'échafaudage trop haut, s'il vous plaît.

— D'accord, acquiesça Morris, nous serons prêts.

— À bientôt, dit Jake.

Et mon cœur, qui avait tapé encore plus fort à cause de mon mensonge, ralentit. Je pus alors reprendre ma respiration et dire :

— Bonne nuit, Jake.

Je montai à l'étage. Sautant sur l'occasion, n'importe quelle occasion, de prononcer son prénom, je déclarai (aussi banalement que je le pouvais) :

— Je savais que Jake était grand, mais j'ignorais qu'il mesurait plus d'un mètre quatre-vingts.

Pour une famille où les hommes étaient plutôt petits, c'était un géant.

Oncle Morris demanda :

— Qu'est-ce qu'il veut dire par ne pas mettre l'écha-faudage trop haut ? Je pensais qu'il peindrait allongé sur le dos, comme Michel-Ange dans la chapelle Sixtine.

— Il ne veut peut-être pas avoir les coudes sur les hanches, déclara oncle Alex.

— Qu'est-ce que ça veut dire ?

— Ça veut dire être plié.

Oncle Morris insista :

— Comment peut-on peindre sans plier les coudes ? On les plie forcément, quand on peint.

— Il pense peut-être peindre assis.

— Bon, écoute-moi. Il arrive tôt demain. Avant d'aller travailler, on pourra ajuster l'échafaudage à un quart de pouce, comme il le souhaite.

— Ce sera exactement comme il le souhaite. Exactement, assura oncle Alex.

— C'est exactement ce que j'ai dit.

— À un quart de pouce près, répéta oncle Alex.

— Est-ce que je n'ai pas dit au quart de pouce près ? demanda oncle Morris.

— Tu l'as dit. Moi aussi.

— Je l'ai dit le premier.

— Ce sera donc au quart de pouce près, conclut oncle Alex.

En tournant le dos à son frère, oncle Morris annonça :

— Je vais me coucher.

Je riais intérieurement. Il y a différentes façons d'avoir le dernier mot.

# 18

J'étais debout depuis sept heures, et j'attendais depuis huit heures. À neuf heures moins le quart, je lançai la cafetière. J'utilisai le café spécial qu'oncle Alex commandait dans le catalogue de Dean et Deluca, une épicerie de luxe, dans lequel il avait appris le prix des truffes. Je mis la table pour quatre et la crème au frais dans le réfrigérateur, dans une cruche ancienne. À côté de là où Jake devait s'asseoir, je posai le livre de la bibliothèque, ouvert à la page de la rose rose que j'avais sélectionnée. Je me voyais, assise en face de lui, lui demandant : *Voudriez-vous un peu plus de café ?* Puis nous aurions une conversation très pointue sur l'art brut.

Dès que Jake arriva, oncle Morris l'emmena aussitôt à l'étage pour examiner l'échafaudage et voir s'il fallait l'ajuster. Jake trouva qu'il était exactement à la bonne hauteur, très bien conçu et fabriqué. Les supports en forme de X y ajoutaient solidité et stabilité, et étaient positionnés assez près les uns des autres pour qu'il puisse les escalader jusqu'en haut aussi facilement qu'il grimperait les marches d'un escalier. Jake s'exclama :

— Parfait. Il n'y a besoin de rien de plus. C'est parfait.

Oncle Morris répondit :

— C'est tout ce que je voulais entendre.

Bien sûr, ce n'était pas *tout* ce qu'il voulait entendre. *Parfait*, c'était vraiment *le minimum* pour lui. *Parfait* lui convenait tout juste.

J'invitai Jake à descendre prendre une tasse de café avant de commencer à travailler. Je le regardai fermer les yeux et inspirer profondément l'arôme de son café. J'attendis qu'il ajoute de la crème et du sucre et qu'il prenne sa première gorgée. J'espérais qu'il dirait *parfait*, mais il n'en fut rien. Et au moment où je me disais qu'il ne regarderait jamais le livre des roses, il le fit. Il sortit de la poche de devant de sa salopette blanche de peintre la feuille sur laquelle il avait noté les dimensions de la pièce, une petite règle, et une calculette. Il mesura la rose que j'avais choisie. Il fit quelques rapides calculs et dit :

— C'est pas mal du tout.

J'étais inquiète. Aurais-je eu droit à un *parfait* au lieu d'un *pas mal*, si j'avais choisi le Redouté ?

Puis, regardant oncle Alex, il déclara :

— Si vous pouviez m'aider pour les travaux préliminaires sur le plafond, je pourrais presque commencer la peinture aujourd'hui. Est-ce que cela vous ennuie ?

— Bien sûr que non, lui répondit oncle Alex. Je préfère vous aider que de rester assis.

— Savez-vous où il y a une photocopieuse couleur ? J'ai besoin de deux copies de cette page, agrandies au double.

Mon oncle réfléchit. Puis, il pensa au magasin de fournitures de bureau, à deux rues du tribunal. Il chercha le numéro de téléphone dans l'annuaire et appela.

— Ils peuvent le faire, dit-il en raccrochant.

— Pour combien ? Juste par curiosité, demanda Jake.

— Quatre-vingt-quinze cents pièce.

— Une seule pourrait suffire. La seconde, c'est par sécurité.

— Il faut toujours avoir une sécurité. De plus, un dollar quatre-vingt-dix, ce n'est quand même pas très cher pour la matière première d'une œuvre d'art.

Il marqua la page de l'annuaire avec une feuille du carnet de notes qui se trouvait à côté du téléphone, puis le ferma.

— J'y ferai un saut en allant au centre commercial et je demanderai à Morris de les récupérer en rentrant. Il sera là après dix-huit heures.

— Laisse-moi y aller, dis-je. Moi aussi, je préfère participer plutôt que de rester assise à ne rien faire.

— Très bien, acquiesça Jake. Ça me fait toujours plaisir de savoir ce que tu préfères.

J'étais gênée, mais heureuse.

— Maintenant, Margaret, si tu me servais une autre tasse de cet excellent café avant de partir, je l'emporterais en haut et j'attaquerais.

Jake montait et descendait de l'échafaudage, le déplaçant comme une vieille femme bouge son déambulateur. Il mesurait le plafond par intervalles de dix-huit centimètres et demi sur les deux côtés. Il devait tricher un peu pour qu'il y ait un nombre pair de carrés.

Quand il eut fini de tracer ses marques sur le périmètre, oncle Alex et lui tinrent chacun une extrémité d'une corde saupoudrée de craie bleue, qu'il déroulait d'une petite bobine. Lorsqu'il fut certain que la corde était bien tendue, il demanda : « Prêt ? », puis il la relâcha de telle façon qu'elle laisse une ligne bleue d'un repère à l'autre de chaque côté de la pièce. Ils se déplaçaient de repère en repère, traçant des lignes parallèles. Puis ils tournèrent à quatre-vingt-dix degrés pour pouvoir marquer les perpendiculaires.

Le temps que je revienne avec les photocopies couleur, ils avaient fini et étaient tous les deux en nage. Oncle Alex partit prendre une douche et se préparer pour aller au travail.

Avant même de regarder les photocopies, Jake mit un bandana rouge autour de son front pour empêcher la sueur de couler dans ses yeux.

— Tu penses que tu pourrais me trouver un ventilateur électrique ? me demanda-t-il.

Café. Ventilateur. J'étais ravie d'être son assistante.

Je savais qu'il y avait un ventilateur dans la salle à manger dont on ne se servait jamais. Je le trouvai dans un carton derrière le vieux comptoir qu'oncle Alex avait utilisé du temps où la bijouterie Bi-Rose se trouvait au 19, place Schuyler. Il était couvert de poussière, bien sûr. Tout l'était dans la salle à manger. Je le pris et décidai de le tester avant de le nettoyer et de le monter à l'étage. Je commençai par chercher une prise. La maison avait plus de soixante ans et, au mieux, il devait y en avoir une sur chaque mur.

Rampant derrière le comptoir, je me cognai contre un autre carton. Je l'ouvris et un nuage de poussière me brouilla la vue. Je m'éventai avec les mains et j'éternuai trois fois au moins avant de réussir à voir le contenu. C'étaient les menottes que mon oncle avait gardées à portée de main pour les voleurs. La clé était attachée à la chaîne par une ficelle. Au fond de la boîte, il y avait le rouleau de ruban adhésif et les chaussettes propres (désormais poussiéreuses) pour les bâillons. Je souris en repensant à cette récente soirée où mes oncles riaient en racontant à Jake comment ils avaient appris à aider les voleurs pour se protéger eux-mêmes.

Je poussai le carton sur le côté et continuai à ramper sur le plancher, à la recherche d'une prise. J'en trouvai une de l'autre côté de la pièce, sous la fenêtre de devant.

Le ventilateur marchait. Je le nettoyai dans la cuisine et le montai. Jake était assis sur l'échafaudage, regardant le réseau de lignes bleues sur le blanc vieilli du plafond. Il se tapait dans les mains pour enlever la poussière bleue.

Je montrai le trou vide au centre du plafond, d'où Jake avait retiré le vieil abat-jour en verre et dévissé l'ampoule électrique.

— Qu'allez-vous faire, là ?

— Regarde l'image, me dit-il. (Ce que je fis.) Tu vois où est le centre ?

J'acquiesçai.

— Sur toute la surface vitrée de ce vieux lustre apparaîtra le cœur délicat de la rose.

J'étouffai une exclamation.

— Est-ce que ça veut dire que le cœur de la rose s'éclairera chaque fois que j'allumerai ?

— C'est exactement ça.

Je manquai m'évanouir à cette idée.

— Ça veut dire aussi que, finalement, j'aurai un plafond de verre.

Même s'il ne l'avait pas dit, je savais que j'avais choisi la rose rose parfaite, celle au cœur délicat.

— Jake, ce plafond sera plus beau que celui de la chapelle Sixtine.

Il rit.

— J'aimerais être d'accord avec toi. Merci du compliment.

Je m'apprêtai à partir quand il proposa :

— Ça te dirait de déjeuner sous les tours ?

Pour ne pas avoir l'air d'une folle si je lui avouais à quel point je trouvais que c'était une bonne idée, je répondis :

— D'accord, si vous voulez.

L'idée de déjeuner avec Jake dans le jardin des Tours atténuait les mauvaises nouvelles que je gardais en moi, et le projet de Jake avec mon plafond m'occupait suffisamment l'esprit pour que je ne pense pas à la Phase Un.

Jake sauta de l'échafaudage pour prendre le ventilateur. Il le posa dessus et me tendit le fil.

— Ça ne va pas aller jusqu'à la prise, je crois. Il vaut mieux que je le laisse par terre, et que je l'incline vers le haut. La semaine prochaine, j'apporterai une rallonge.

— Les oncles ont des kilomètres de rallonge. Ils s'en servaient pour travailler sur les tours la nuit. Je vais en apporter une.

Il me remercia et reporta son attention sur le livre des roses. Il avait posé l'abat-jour sur le lit et étalé les photocopies sur la commode.

Sur un morceau de carton, il mesura douze centimètres sur un côté et quinze sur l'autre. Avec un cutter, il découpa une fenêtre qu'il plaça sur la copie de la rose de telle sorte que le pistil et les étamines se trouvent au centre, ce qui correspondait à la trace laissée par l'abat-jour. Il traça le contour de la fenêtre de carton directement sur la photocopie puis, avec un crayon très fin, dessina un graphique d'un centimètre et quelques de côté sur la copie couleur. Il y avait dix carrés dans un sens et douze dans l'autre, exactement comme la grille sur le plafond de la chambre.

— Maintenant, sur chaque carré du plafond, je vais dessiner le contour de ce que je vois dans le carré correspondant ici, m'expliqua-t-il. Quand je serai prêt à peindre, je ferai la même chose avec les couleurs. J'espère bien avancer mon dessin aujourd'hui.

Il retira le bandana de son front et s'essuya le visage.

— Et si tu allais *nous* chercher ces rallonges ? me suggéra-t-il.

J'ai entendu comme un écho de Mme Kaplan dans ce *nous*, et, alors que quelques minutes auparavant j'étais pleine de zèle, je partis chercher les rallonges à contrecœur. Je retournai dans la salle à manger et donnai un coup de pied dans la boîte qui contenait les menottes et les cordelettes. Qu'est-ce qui m'arrivait ? Il y a un moment, j'attendais qu'oncle Alex parte pour me retrouver seule avec Jake. J'étais prête à *nous* préparer un bon petit plateau pique-nique pour aller déjeuner sous les tours. Je crois que j'aimais ce *nous*-là et pas l'autre. Peut-être que Mme Kaplan et l'infirmière Louise avaient raison. J'étais peut-être incorrigible, après tout. Je redonnai un coup dans le carton, ce qui fit cliqueter les chaînes des menottes. Puis je me souvins que mes oncles gardaient leurs rallonges électriques au sous-sol.

Je trouvai des kilomètres de fil électrique jaune enroulés comme les brindilles d'un nid sur le sol, près d'une pile de planches en bois que mes oncles utilisaient pour créer leurs postes de travail. Je ne savais pas qu'une bobine de fil électrique pouvait être aussi lourde, alors je cherchai un endroit où deux fils avaient été reliés. J'en trouvai un, puis un autre, et encore un autre. Une seule longueur me suffisait, ma chambre n'était pas si grande, et le fil n'avait pas besoin de mesurer plus de la moitié de la pièce. Le démêler ne fut pas une mince affaire, car le fil n'était pas enroulé régulièrement sur la bobine, mais enchevêtré dans tous les sens. Je décidai de prendre mon temps pour *nous* apporter une rallonge électrique. Je m'assis donc sur un tas de planches pour étudier le rouleau jusqu'à ce que je trouve une extrémité libre, et je commençai à le dérouler.

Je me souvins que, quand mes oncles installaient le cadran de pendule sur la Tour Trois, ils avaient posé les planches sur les traverses, afin d'atteindre facilement le sommet en montant dessus. Ma mère m'avait raconté qu'avec Loretta Bevilaqua, elles avaient parfois grimpé jusqu'à la plateforme qui faisait office de cabane dans l'arbre, le temps que les oncles déplacent les planches jusqu'à leur prochain poste de travail.

J'avais démêlé une bonne longueur de fil de rallonge. Il était aussi entortillé qu'un brin d'ADN, mais au moins il était séparé du reste. Je pris une extrémité entre le pouce et l'index et l'enroulai autour de mon coude comme j'avais vu mes oncles le faire. Je me tenais derrière le tas de planches – enroulant, enroulant, enroulant – en pensant distraitement que ces planches qui avaient servi aux plateformes ne serviraient jamais plus... sauf... sauf..., sauf, bien sûr ! Mais oui, elles pourraient encore être utilisées pour une plateforme ! Pour me faire une cabane dans l'arbre. Quand j'eus fini d'enrouler, j'avais un plan.

J'étais exaltée. J'avais un plan. Je prendrais possession des tours – neuf points de la loi – et prouverais par la même occasion qu'elles étaient sans danger !

Je me précipitai à l'étage avec la rallonge et connectai

vite fait une extrémité au ventilateur et l'autre à la prise. Tout excitée et essoufflée, je lançai :

— Il faut que nous parlions.

Jake, qui traçait des lignes avec soin sur la seconde photocopie, garda son crayon en l'air tout en continuant à regarder son dessin.

— Bien sûr, dit-il. Parlons. De quoi veux-tu discuter ?

— D'argent.

— Je n'en ai pas assez pour en parler. Fin de la conversation.

Il jeta un coup d'œil au ventilateur.

— Il marche vraiment bien. Merci.

— Je veux un remboursement du camp de Talequa.

Il rit.

— Je crois que ton oncle et ma mère ont déjà réglé ça entre eux. Tillie Kaplan ne fait pas de remboursements.

— J'en ai besoin. J'en ai vraiment, vraiment besoin.

Il mit son crayon derrière l'oreille, croisa ses bras sur sa poitrine et dit :

— Margaret Rose, je déteste vraiment d'avoir à te dire ceci, mais les deux dernières personnes qui ont obtenu un remboursement de Talequa, ce sont les parents d'une fille chez qui la maladie de Lyme[1] s'est déclarée après

---

1. La maladie de Lyme (ou borréliose de Lyme) est une infection bactérienne, répandue mondialement (quelques milliers de cas par an en France), transmise à l'homme par piqûre de tique.

deux jours de camp. Ils ont prétendu que c'était à cause des tiques du daim qu'il y avait dans les bois autour du camp, même si personne n'avait été dans les bois et que les symptômes ne peuvent pas se déclarer aussi vite. Mais ce n'étaient pas des parents ordinaires, ils étaient avocats. Tous les deux. Ils ont envoyé à Tillie une lettre sur un papier crème très épais, presque un parchemin. Ils demandaient poliment un remboursement de leur avance. Ils n'ont même pas eu à la menacer d'un procès — ce n'était pas nécessaire — leur papier à en-tête était assez éloquent. Ils ont reçu un chèque par retour de courrier.

— Vous voulez dire que les avocats peuvent faire peur même à Mme Kaplan ?

— Tillie Kaplan sauterait à l'élastique du pont Verrazano plutôt que de risquer d'être poursuivie par un couple d'avocats au papier à lettres qui tue.

Je pensais que mes oncles avaient des avocats à gauche, des avocats à droite, avec des plaques en bois élégantes et aussi menaçantes que des papiers à lettres.

— Il y a aussi des avocats dans mon cas, avouai-je, et j'ai besoin d'un remboursement.

— Tu as peut-être aussi besoin d'un avocat pour plaider ta cause.

— Et l'argent liquide que mes parents ont déposé sur mon compte personnel à Talequa, l'argent qu'ils ont laissé pour mes extras, m'acheter des bonbons ou des timbres ? Je n'y ai pas touché.

— Ah, cet argent-là ! Tu veux dire que ton oncle ne l'a pas récupéré quand il t'a ramenée ?

— Non, il ne l'a pas repris.

— Je peux m'occuper de ça. Tu n'auras même pas besoin d'envoyer une lettre de menaces.

— Je l'aurai quand ?

— Dès que tu m'auras dit pourquoi tu en as besoin.

— Il faut que je fasse des provisions.

— Des provisions, dans quel but ?

— Camper.

— Je pensais que tu en avais terminé avec ça jusqu'à la fin de l'été.

— Ce n'est pas pour m'amuser. C'est professionnel, sérieusement.

— Oh, dit Jake. Une affaire *sérieuse*. Ça change tout.

Une affaire *sérieuse*. Je me demandai de nouveau s'il n'était pas sarcastique.

— J'ai besoin de votre attention, Jake, plaidai-je. Il faut que vous m'écoutiez — que vous m'écoutiez vraiment, vraiment, vraiment — et vous verrez que ce que j'ai à dire est très sérieux, c'est presque une question de vie ou de mort.

— Une question de vie ou de mort ? Bon, maintenant, c'est vraiment du sérieux.

Deux sarcasmes, j'étais sûre qu'il avait un syndrome et que j'allais arrêter de tomber amoureuse. Je respirai profondément.

— Je ne vous demanderais pas votre aide si je n'en avais pas besoin.

— Est-ce que tu veux que nous en discutions pendant le déjeuner ?

Toute moquerie avait disparu de sa voix.

— Laisse-moi le temps de me laver, me dit-il en se dirigeant vers la salle de bains.

Je restai là, en l'attendant.

— Vas-y, lança-t-il, je te retrouverai dans le jardin des Tours.

— Dans la cuisine, répondis-je.

— Je pensais que nous avions un plan.

— Je préfère la cuisine, dis-je.

— Comme tu veux, accorda-t-il, en espérant que je lui rende son sourire.

Je le fis. Pas de raison de ne pas le faire. J'avais son attention.

Même quand les nouvelles n'étaient pas bonnes — et elles ne l'étaient pas du tout — j'éprouvais toujours un frisson d'excitation à être la première à les annoncer. Cela m'embarrassait un peu de réagir comme ça, mais je sentais quand même l'adrénaline monter à l'idée du drame que j'allais révéler. Et de la réaction de Jake.

Je ne fus pas déçue. Il sauta de sa chaise, la décolla du sol, la remit brutalement par terre, se rassit lourdement et tapa sur la table.

— Qui sont ces Philistins [2] ?

— Les voisins. Ce sont des avocats.

— Ils ne peuvent pas faire ça !

D'un ton très adulte, je répondis :

— Si, ils le peuvent. Sauf si on les en empêche.

Je lui racontai mes conversations avec Peter Vanderwaal et Loretta Bevilaqua, et comment l'un et l'autre m'avaient expliqué que le premier point était d'empêcher la démolition.

— La propriété tient en neuf points de la loi, donc je vais acheter les tours comme Loretta me l'a recommandé et je vais les occuper. Vous m'aiderez ?

J'expliquai à Jake ce que j'espérais mettre en place, et nous en parlâmes d'égal à égal. Nous fîmes une liste et la vérifiâmes deux fois. Ensuite, nous revîmes qui ferait quoi et quand.

— Ça ressemble à un plan, conclut Jake, et nous nous serrâmes la main.

---

2. Ennemis légendaires des Israélites.

Quand Jake fut prêt à repartir pour Talequa, je l'accompagnai dans l'allée. Il regarda la Tour Deux.

— Tu es sûre que tu veux le faire ? me demanda-t-il.

J'acquiesçai.

— Est-ce que tu as peur ?

J'acquiesçai de nouveau.

— C'est bien, ajouta-t-il. Si tu as peur, tu seras prudente.

# 19

Je parvins à passer le dîner sans mentionner les tours une seule fois, puis je sortis promener Tartuffe avec oncle Alex.

— Il aime marcher la nuit, me dit-il. En Italie, où il est né, on entraîne les chiens truffiers essentiellement la nuit parce que les *tartufai*, les chasseurs de truffe, veillent jalousement sur leurs meilleurs endroits. Il y a même eu des gens qui ont kidnappé des chiens truffiers renommés. La chasse à la truffe est un commerce très compétitif. La saison est courte, et les gains élevés. Le secret, c'est la sécurité.

— Et si Tartuffe ne trouve jamais de truffes ?

— Je m'en moque. Il me fait du bien et ça m'occupe.

— Oncle Morris ne pense pas la même chose.

— Mais si. C'est son secret, *édes* Margitkam. Nous le laisserons le garder.

— C'est parce que ça vous fait du bien et que ça vous occupe que vous avez construit les tours ?

— Sans doute. Cela nous a permis de traverser les moments difficiles. C'était bon d'avoir quelque chose en commun tous les deux, et qui existait aussi par soi-même. Les autres ont des enfants à élever. Les enfants sont liés aux deux parents, mais ce sont aussi des personnes de leur plein droit. Ils sont de bonne compagnie tant qu'on les a, mais il faut les laisser partir.

— Comme les tours ? C'est pour ça que ça vous est égal qu'elles soient démolies ?

Oncle Alex s'arrêta net, mais Tartuffe continua, tirant sur sa laisse. Sans me regarder, il se remit à marcher.

— Alors, tu es au courant.

— Oui.

— J'imagine que je devrais me sentir soulagé. Ni Morris ni moi n'arrivions à nous décider à te le dire.

— Parce que vous y tenez beaucoup.

— Bien sûr que nous y tenons. Mais c'est comme d'avoir des enfants, ou d'avoir Tartuffe. Les avoir eus est plus important que de les garder. Tu peux comprendre cela, *édes* Margitkam ?

— Pas vraiment.

— Ça prendra peut-être encore quelques années.

— Quelques années ? Mais je croyais qu'on devait les démolir la semaine prochaine ?

— Je voulais dire quelques années pour que tu comprennes. « Il vaut mieux avoir aimé et perdu, que de n'avoir jamais aimé. »

— Qui a dit ça ?

— Tennyson.

— C'était un artiste ?

— Non, un poète qui a perdu une amie très chère.

J'attrapai la main de mon oncle.

— Oui, conclut-il, portant ma main à ses lèvres pour embrasser le bout de mes doigts. Amis, sœurs, tours. Aimés et perdus. Il n'y a rien d'autre à ajouter.

Quand nous rentrâmes à la maison, oncle Alex informa oncle Morris :

— Elle sait.

— Tu le lui as dit ?

— Non.

— Alors comment est-elle au courant ?

Je déteste que l'on parle de moi à la troisième personne comme si je n'étais pas là.

— Pourquoi ne **me** le demandes-tu pas ?

— Alors ? me questionna-t-il. Comment as-tu trouvé ?

En faisant bien attention de laisser de côté certaines choses et d'en ajouter d'autres, j'expliquai comment je m'y étais prise. Je craignais que ne pas leur avouer mes intentions soit un mensonge, mais je décidai que ça n'en était pas un. C'était un secret. Et oncle Alex ne venait-il pas de me dire que le secret, c'est la sécurité ? Soulagée de dire la vérité, mais pas toute la vérité, je demandai à mes oncles s'ils accepteraient de me vendre les tours pour un dollar pièce. (Dans nos plans de l'après-midi, Jake m'avait donné une avance en liquide sur l'argent que Talequa devait me rembourser.)

— Pourquoi les veux-tu, Margitkam ? Tu auras la maison. C'est dans notre testament, tu hériteras de la maison. Les tours ? Elles n'ont aucune valeur. C'est ce qu'on appelle dans les affaires une obligation passive.

— Pas pour moi. Je veux pouvoir me dire qu'elles sont à moi, même si ce n'est pas pour longtemps. Comme d'avoir des enfants.

Oncle Alex, qui comprit la référence, en fut touché et trancha :

— Morris, l'enfant les veut. Donne-les-lui.

— Non, insistai-je, je dois les acheter. J'ai de l'argent.

— D'accord, dit Morris.

Se tournant vers son frère, il ajouta :

— Alex, fais un papier.

— Et nous le ferons authentifier.

— Authentifier ? Où as-tu appris des choses pareilles ?

J'imitai de mon mieux le haussement d'épaules « vieille Europe ».

— En sixième.

Le lendemain matin, mes oncles et moi partîmes à la banque où ils avaient leurs comptes courants de la Zone Temps. M. McDowell, leur gestionnaire, rédigea un acte de vente officiel. Il demanda à mes oncles, avant que je ne lui remette mes trois dollars pour conclure la vente :

— Est-ce que votre nièce a conscience que si n'importe qui était blessé par la chute d'une pièce ou si quelqu'un tombait d'une tour, elle pourrait être poursuivie en justice ?

Je détestais vraiment qu'on parle de moi comme si je n'étais pas là. Je dis donc :

— Nous avons une clôture et un chien méchant pour tenir les gens à distance. S'ils rentrent, ils seront dans une propriété privée.

M. McDowell ne voulait pas me parler.

— Est-ce que votre nièce sait que les tours ont été condamnées ?

— Condamnées ? répétai-je. Condamnées à mourir comme le responsable d'un crime ?

Ça attira son attention, et il s'adressa enfin directement à moi.

— Dans le cas d'un bâtiment, on le déclare inhabitable par décret officiel.

— Inhabitable ! C'est stupide ! Les tours n'ont pas d'utilité. Ma mère affirme qu'elles n'ont pas besoin d'être utiles. Elle dit qu'elles sont superflues et que c'est leur force, parce que, sans elles, notre monde serait moins beau et que nous serions moins heureux.

M. McDowell s'exclama :

— C'est une insolente, celle-ci, n'est-ce pas ?

— Elle ? demanda oncle Alex. Vous ne devez pas parler de notre Margaret Rose. Notre Margaret Rose n'est pas insolente, elle est incorrigible.

M. McDowell s'éclaircit la gorge et authentifia l'acte de vente.

# 20

Les cinq jours suivants, entre le moment où oncle Alex partait pour la Zone Temps et celui où oncle Morris en revenait, je préparai mes provisions. J'avais déjà un imperméable, un sac de couchage, une crème écran total et un antimoustique dans les affaires que j'avais rapportées de Talequa.

J'achetai des quantités de bouteilles d'eau minérale, des mélanges de fruits secs, du corned beef et des mouchoirs en papier. Ces achats m'obligèrent à faire de nombreux voyages en bus dans différents quartiers commerçants. J'allais loin de façon à éviter que des habitants de la place Schuyler ou des gens de ma famille me remarquent. Et, bien sûr, je me tenais à distance du centre commercial de Fivemile Creek. J'achetais peu à la fois car je devais ensuite trouver une cachette pour mon stock. Dès que je sortais, j'achetais une livre de cottage cheese, en mangeais un peu, jetais le reste, lavais le pot et le cachais dans le bas de ma commode.

Je fis aussi bon nombre d'appels longue distance.

Une fois, j'appelai Loretta Bevilaqua au travail et tombai sur son *assistant administratif*, qui insista pour m'expliquer qu'elle ne pouvait pas prendre mon appel, mais que j'étais libre de lui laisser un message, ou d'en laisser un sur son répondeur.

— Quand l'aura-t-elle ?

— Quand elle vérifiera ses messages.

— Puis-je lui demander de ne m'appeler qu'à certaines heures ?

— Vous pouvez, mais bien entendu, cela peut retarder sa réponse.

Je choisis le répondeur. Je lui annonçai que désormais, *elles* m'appartenaient. Qu'*elles* avaient coûté trois dollars. Et que *leur* achat était authentifié, mais je ne lui demandai pas de me rappeler.

J'avais toujours plus de facilités à joindre Peter Vanderwaal. Soit une voix féminine polie disait : « Ici, le centre d'art de Sheboygan » et me passait directement Peter, soit il répondait lui-même. Il me rapporta qu'il avançait sur l'organisation du CPC, mais que c'était un peu plus long qu'il pensait.

— J'envoie des lettres par express avec des enveloppes de réponse pré-timbrées, sur mon propre compte, et tu n'as pas idée – certainement pas – comme ça revient cher. Jusqu'à présent, je n'ai reçu que trois réponses. Quand je les appelle pour les relancer, ils ne me rappellent pas.

Je m'entendais bien avec lui, et lorsque je lui racontai les difficultés que j'avais à joindre Loretta, il me dit :

– Je pensais qu'elle rappelait directement.

– Pourquoi ?

– Parce que c'est une personne vraiment occupée. Ces gens-là ne tergiversent jamais. Ils sont décidés, et ils rappellent. Ce sont les gens moins importants qui cherchent à vous impressionner pour montrer à quel point ils sont occupés et n'ont pas le temps de répondre à vos demandes.

– Mais elle a une assistance administrative.

– Ma chérie, tu es perdue si tu n'arrives pas à trouver le moyen de la contourner.

– C'est un assistant.

– Pire. Quand l'assistant administratif est un homme, il veut à tout prix montrer sa valeur, alors il fait des heures supplémentaires pour protéger son patron des personnes qui veulent travailler avec lui. Dis-moi, tu n'as vraiment aucun moyen de l'éviter ?

Je lui expliquai que j'avais le numéro de son domicile, mais que quand les heures de bureau de Loretta étaient finies, et que l'assistant administratif avait quitté son travail, mes oncles étaient à la maison. Et je ne voulais

pas téléphoner ou recevoir des coups de fil en leur présence. Alors Peter Vanderwaal se proposa d'être mon
messager.

— Donne-moi son numéro, et je serai ton assistant
administratif, ma chérie, et tu pourras te consacrer à ton
boulot : empêcher la démolition.

Je le remerciai, et il ajouta :

— Il n'y a pas de quoi. Je rentre à la maison ce week-end
pour secouer quelques professeurs d'art de l'université de
Clarion. Ils devraient dresser des barricades au lieu de
rester assis sur leurs lauriers. J'espère leur faire honte en
passant à l'action.

— Est-ce que je vous verrai ?

— Dis-moi quand je dois venir, et nous aurons une
rencontre secrète au jardin des Tours. Tu me reconnaî-
tras même si je ne ressemble pas du tout à la photo qui se
trouve dans le bureau de ma mère. Je ne ressemble sans
doute à personne que tu connais. J'ai un diamant à
l'oreille gauche ; je porte toujours un nœud papillon ;
je me rase la tête. Mais, crois-moi, tu me trouveras
adorable.

J'étais très impatiente de le rencontrer.


Il était plus rose et plus rond que je me l'étais ima-
giné, mais il était aussi tout ce que j'avais espéré pour le
reste. Quand il disait *nous* – comme « Nous devrions aller

rue Summit prendre un café au lait » — ce *nous*-là signifiait bien Peter et moi, Margaret. Et le café au lait voulait bien dire une tasse de café avec beaucoup de lait bouillant, servi dans un verre spécial avec une poignée en métal.

Nous étions assis à une petite table ronde à l'extérieur du restaurant. Je mis mes coudes sur la table, me penchai et plongeai profondément mon regard dans les yeux de Peter. Il était absolument fascinant.

— Comment va la dialyse de votre père ? lui demandai-je.

— Oh, ça va. Ça occupe ma mère, et c'est bien.

— Comment ça, c'est bien ?

— Avec toute l'attention dont a besoin papa, elle ne pense pas à ses petits-enfants en ce moment. Comme ça, elle cesse de me demander quand je compte me marier. Les mères sont tellement envahissantes.

Je laissai mon poignet se relâcher en balançant ma cuillère à café au lait dans ma main droite.

— Vous ne vous intéressez pas aux enfants ?

— Je peux en supporter quelques-uns individuellement, mais que Dieu me pardonne, pas en groupes.

Je pris une gorgée de ma boisson et, avec ma plus belle attitude de star de cinéma, je regardai Peter par-dessus le bord de mon verre avant de le reposer.

— C'est incroyable, j'ai pensé la même chose après mon expérience à Talequa.

— Tale-quoi ?

— C'est un camp d'été où j'ai été « entreposée » !

— Bon, j'ai eu une fois une expérience de camp. Un camp de jour. Deux semaines. Ce n'était pas agréable, mais je ne l'étais pas non plus.

— Oh ! dis-je, émerveillée de tout ce que nous avions en commun. On m'a traitée d'incorrigible.

— Comment t'es-tu échappée ?

— Oncle Alex est venu à mon secours.

— Bien, Margaret Rose, il faut prendre toutes les expériences comme des tournants du labyrinthe de la vie. Ou tu les passes ou tu les rates. C'est comme ça qu'on y arrive.

— Qu'on arrive à quoi ?

— À devenir adulte.

— Est-ce que ça vaut le coup d'être adulte ?

— Et comment.

— Pourquoi ?

— Parce que les adultes peuvent tourner tous les films, diriger tous les orchestres, et percer leurs oreilles sans demander la permission.

Nous avons ri de bon cœur et je décidai sur-le-champ que nous étions les deux personnes buvant du café au lait à une petite table ronde dans le centre piétonnier les plus sophistiquées d'Epiphany, et peut-être même de France.

— Est-ce que Loretta vous a dit ce qu'elle avait l'intention de faire pour sauver les tours ? lui demandai-je.

— Non. Elle est avocate, tu sais. Tu ne peux pas lui glisser un cure-dent entre les lèvres si elle a la bouche fermée. Elle me répète simplement que je m'occupe de la Phase Deux. Comme si la répétition était la mère de l'intervention.

— Elle me répète que je suis la Phase Un.

— Et elle, la Phase Trois. Et le seul indice qu'elle me donne, c'est que la Phase Trois a quelque chose à voir avec Infinitel, et qu'elle doit faire une présentation au conseil de direction. Pauvre petite. Moi aussi, j'ai un comité de direction. Ce qui est marrant, c'est qu'ils m'aiment tellement qu'ils s'attendent à ce que je leur dise ce que je veux, et ensuite que je leur demande la permission pour le faire. As-tu déjà eu affaire à un conseil ?

— Oui, d'éducation. Et d'après ce que j'ai lu dans les journaux, ils ne sont d'accord sur rien, sauf sur le nombre de jours que nous devons passer en classe.

Ce n'était pas tout à fait vrai, car à ce moment-là de ma vie, je ne lisais pas le journal (sinon j'aurais su que les tours allaient être démolies).

Peter regarda sa montre, un truc énorme, aussi grand qu'un cadran solaire avec assez de cloches et de sifflets pour conduire un train.

— J'ai un rendez-vous avec deux professeurs du département d'art et deux du département d'histoire. J'espère obtenir leurs signatures aujourd'hui pour la pétition du CPC, comme ça je pourrai la remettre à ma mère. Elle m'a promis de la glisser dans l'agenda du conseil municipal à la prochaine séance. À quelle heure m'as-tu dit que tes oncles rentraient à la maison ?

— Les samedis, ils restent tous les deux jusqu'à la fermeture. Ils ne seront pas de retour avant dix heures.

— Bien, dit Peter. J'emmènerai les quatre professeurs — deux d'art, et deux d'histoire — plus tard cet après-midi. Je veux leur montrer quel trésor nous avons ici, dans la vieille ville.

— Pas de problème. Vous avez ma permission.

Peter, qui venait de lever la main vers la serveuse pour lui demander la note, laissa retomber son bras.

— Ta permission ?

— Oui. Si je ne donne pas ma permission, ils entreront dans une propriété privée. Je suis propriétaire des tours. Je les ai acquises la semaine dernière. J'ai l'acte de vente dans ma penderie. Il est authentifié.

— Tu es propriétaire des tours ?

— Oui, Loretta a insisté pour que je les achète.

— Elle a fait ça, vraiment ? J'aurais aimé qu'elle me demande de le faire.

— Pourquoi ?

— J'aurais aimé les avoir. J'aurais été fier d'être leur propriétaire, même très peu de temps. Est-ce que tu penses que c'est trop romantique ?

— Il vaut mieux avoir aimé et perdu que de n'avoir jamais aimé.

— Ah, oui ! Tennyson.

Il regarda au loin, puis il fixa de nouveau son attention.

— Pendant ce temps-là, il faut que tu ailles au bout de la Phase Un : les arrêter. Moi, j'ai la Phase Deux : montrer. Arrêter et montrer. Ça sonne bien.

La serveuse apporta la note à Peter. Il paya en liquide, empilant les billets sur le ticket.

— Margaret Rose, ma chère, quand je grandissais place Schuyler, je n'aurais jamais pensé qu'un jour je dépenserais trois dollars pour une tasse de café, et que j'en serais heureux ! À l'époque, je ne pouvais imaginer que la fille de ma copine Naomi Landau serait d'une si charmante compagnie. Bon, il faut que je file rencontrer ces grands pontes de l'université.

— Est-ce que ce sont des « faiseurs de pluie » ?

— Ils le croient, mais franchement, ma chère, à eux quatre, ils n'arriveraient même pas à remplir une tasse de café au lait avec du pipi.

# 21

Le mardi soir, la veille de la visite de Jake, les oncles se promenaient dans leur jardin. Tartuffe faisait des huit autour des bases des Tours Un et Deux. Oncle Alex, les mains dans le dos, regardait les tours du haut jusqu'en bas.

— Jeudi, dit-il, les ouvriers viendront envelopper les tours d'un filet pour éviter que des pièces mal attachées tombent sur les gens. Il va falloir porter des casques comme les ouvriers du bâtiment dans ce vieux jardin des Tours.

Oncle Morris observait ses plants de poivrons.

— Certains vont s'abîmer. Il n'y a qu'à les laisser.

Puis, après réflexion, il eut une autre idée.

— Dis à Jake de prendre ce qu'il veut. Il pourra en rapporter à Talequa.

— Tu pourras le lui dire toi-même, mon oncle. Il sera là tôt demain matin.

— Non, je serai au centre. L'Association de la zone piétonnière a décidé de faire une fête pour célébrer la prise de la Bastille. Alex et moi, nous travaillerons ensemble, exceptionnellement ! Nous serons absents toute la journée, le mercredi pour préparer et le jeudi pour vendre, nous l'espérons.

Oncle Alex me dit qu'il comptait sur moi pour prendre soin de Tartuffe pendant ce temps.

Ce qui signifiait que Jake et moi aurions la journée entière pour mettre en œuvre nos plans, au lieu des quelques heures comprises entre le départ d'Alex et le retour de Morris.

— *Jaj, Istenem !* dit oncle Morris. Me retrouver bouclé pendant douze heures dans la Zone Temps avec mon frère me fait regretter de ne pas être enfant unique. Le second jour, je sens que je pourrais arranger ça.

Quand Jake arriva, nous ne perdîmes pas un instant pour mettre notre plan à exécution. Nous avions choisi la Tour Deux à l'endroit où elle dépassait un peu les toits, mais où elle était encore assez large pour installer une plateforme qui permettrait de stocker toutes mes provisions et où j'aurais aussi la place de m'asseoir ou de m'allonger.

Jake grimpa le premier et prit les dimensions. Puis nous descendîmes ensemble au sous-sol pour choisir des planches assez longues qui puissent tenir facilement sur les traverses. Il n'y en avait pas assez, alors nous nous dépêchâmes d'aller en faire couper à la bonne taille à la menuiserie.

À notre retour, Tartuffe ne me quitta pas d'une semelle. Il me tournait autour, aussi agité qu'un CDA [1], un Chien Déficitaire d'Attention.

Ensuite, nous construisîmes une plateforme en faisant passer les planches par ma fenêtre sur les traverses de la Tour Deux qui étaient juste à la même hauteur. De l'intérieur de la pièce, je les poussai par la fenêtre ouverte de façon à ce que Jake puisse les attraper, puis les tirer pour les mettre en place.

Lorsqu'il en eut installé deux, il les attacha l'une à l'autre, puis aux traverses horizontales. Les nœuds – des nœuds coulissants – se resserraient quand on tirait dessus.

— Impressionnée ? me demanda-t-il.

— Très.

— J'ai été scout. Surprise ?

— Très.

Lorsque les dernières planches furent posées et assemblées, Jake sauta dessus plusieurs fois avant de déclarer :

---

1. En référence au TDA : trouble déficitaire de l'attention, dont l'un des symptômes est l'hyperactivité. (N.d.t.)

— Assez robuste pour une personne de douze ans et ses provisions.

Mon espace à vivre serait une plateforme carrée, d'un mètre vingt-cinq de côté.

Enfin, nous posâmes une planche large en guise de passerelle entre la plateforme et la fenêtre ouverte de ma chambre. Elle était très en pente, ce qui rendait la navigation dangereuse. Mais en faisant attention et sans nous presser, nous réussîmes à transporter toutes mes réserves secrètes sans embûches.

Nous nous basâmes sur la liste que j'avais préparée : une cape imperméable, un parasol, de l'eau (beaucoup d'eau), des crackers, du corned beef et des fruits secs, un Walkman, trois livres de « lecture à faire pendant l'été », mes documents de propriété dans une pochette en plastique zippée, une torche et mon stock de boîtes de cottage cheese avec leurs couvercles.

Sans un mot, Jake prit le sac de boîtes de cottage cheese et descendit par la passerelle. Il traversa la chambre, descendit les escaliers, et une fois dans la cuisine, il les mit dans la poubelle. Puis il alla à sa camionnette garée dans l'allée. J'attendais sur la plateforme, me demandant ce qu'il fabriquait.

Il revint avec deux choses : des toilettes chimiques et une bâche qu'il utilisait pour recouvrir les meubles et le plancher quand il peignait.

— Je vais tendre la bâche sur trois côtés de la plate-forme. Je laisserai celui face à la maison ouvert. Ce qui te donnera assez d'intimité quand tu utiliseras ceci, dit-il, en montrant les toilettes chimiques. Tillie en a une réserve pour les sorties de camping à Talequa. J'en ai emprunté un.

J'étais trop embarrassée pour dire quoi que ce soit et trop reconnaissante pour ne rien dire du tout.

— *Köszönöm*, fis-je, un simple merci en hongrois, et il comprit.

— Je t'ai dit que j'ai été scout. Nous étions formés pour aider les dames en détresse.

Nous terminâmes en fin d'après-midi. Jake continua un peu la peinture de la rose tandis que je réchauffais les restes pour notre dîner. Nous nous dîmes peu de choses en mangeant, mais Tartuffe compensa notre calme. Il gémissait. Il caracolait autour de mes jambes, ses griffes cliquetaient sur le lino de la cuisine comme des grêlons tombant sur un toit métallique. Il réclamait plus d'attention que je ne pouvais lui en accorder, faute de temps et de patience. Il fallait que je lui fasse faire une grande promenade. Je proposai à Jake de venir avec nous.

— Bien sûr, dit-il, et il alluma un cigare en sortant. Il me prit la laisse dès que nous passâmes la porte.

— J'aimerais le tenir, fis-je remarquer. Ce sera notre dernière balade avant longtemps.

Il me rendit la laisse. J'étais soulagée d'avoir quelque chose à faire qui m'empêche de prendre son bras.

Nous descendîmes d'un côté de la place Schuyler, et quand nous dépassâmes le numéro 17, je lui racontai mon échec comme baby-sitter de ferment. Nous revînmes par l'autre côté de la rue. Jake s'arrêta exactement là où je m'étais arrêtée la semaine précédente. Il regardait la Tour Deux au-dessus des toits. Quelques pendentifs de verre captaient de petits points de lumière diffusée par le lampadaire de la rue, et la brise légère en faisait tourner quelques-uns comme des éoliennes. Jake secoua la tête.

— Comment peut-on croire que retirer ces tours donnera de la valeur au quartier ?

— Certains ne le pensent pas.

— Et à cet instant précis, Margaret Rose, nous représentons la somme de ces gens-là.

Soudain, il me souleva dans ses bras et me porta pour traverser la rue. Cela aurait été aussi romantique qu'un jeune marié portant sa promise jusqu'au seuil de leur maison, si Tartuffe n'était pas devenu fou, et n'avait mordillé les chevilles de Jake tout le long du chemin.

Quand nous remontâmes sur la plateforme, nous vérifiâmes encore une fois mes provisions avec ma liste. Tartuffe gémit si fort et si longtemps que Jake dut claquer la fenêtre de ma chambre, celle qui avait la planche appuyée sur le rebord. Il réussit à étouffer un peu le bruit. Il finit par me demander :

— Est-ce que tu es prête ?

J'avais la gorge trop sèche pour répondre, alors je hochai la tête. J'enfilai la chaussette de sport que j'avais trouvée dans la boîte de mes oncles à mon pied droit, et je vérifiai les menottes. Jake me regarda pour être sûr que c'était bon, avant d'accrocher un anneau des menottes à ma cheville et l'autre au poteau de la Tour Deux.

Il mit la clé dans sa poche, redescendit la passerelle et passa par la fenêtre de la chambre. Avant qu'il ne retire complètement la planche, Tartuffe sauta, et dans un bond de géant il atterrit sur trois de ses quatre pattes. Il ne me quittait pas des yeux tandis qu'il grattait, tremblait et rassemblait son arrière-train. J'étais glacée de la tête aux pieds, mon estomac roulait comme un tsunami et mon cœur tapait comme des vagues battant le rivage. Il finit par avoir toutes ses pattes sur la planche et se fraya majestueusement un chemin jusqu'à la plateforme — la tête haute — juste à côté de moi.

— Reviens ici ! criait Jake.

— Il doit ?

— Bien sûr qu'il doit. Tu ne peux pas le garder là-haut.

— Pourquoi pas ?

— Pour la bonne raison que Tartuffe ne peut pas se servir de pots de cottage cheese ni de toilettes chimiques.

— Comment allez-vous le faire revenir ?

— Je vais remonter, passer derrière lui et pousser.

— Et s'il glisse de la planche et qu'il tombe ?

— Et si c'est moi ?

— Ça ne vous arrivera pas.

— À lui non plus.

— Oncle Alex m'a demandé de m'occuper de lui.

— Ça va être un problème sans fin.

— Mais ce sera aussi une bonne compagnie.

Jake était fatigué. Il n'avait plus l'énergie de me convaincre, alors il haussa les épaules et retira la passerelle par la fenêtre de la chambre.

— Ce chien va être un problème sans fin, répéta-t-il, à moitié pour lui-même, à moitié pour le plafond presque rose.

Il claqua la fenêtre pour la fermer, la verrouilla de l'intérieur, et partit.

Je me tins debout, haut dans le ciel nocturne, avec l'impression que la douce brise d'été pouvait passer au travers de mes côtes aussi facilement qu'elle soufflait entre les traverses de la Tour Deux. Je tendis la main vers Tartuffe.

— Ça y est, on l'a fait, lui confiai-je.

À cet instant-là, je n'aurais pas su dire si cela signifiait que j'étais exactement là où je voulais être, ou si je m'étais privée de la dernière personne au monde dont j'aurais voulu me priver.

# Neuf points

# 22

Ce fut une longue nuit.

Comment aurais-je pu imaginer à quel point avoir une jambe attachée à la tour modifierait mon style de sommeil ? Comment aurais-je pu savoir que j'avais un style de sommeil ? L'insistance de Tartuffe à me tenir une compagnie très rapprochée ne m'aida pas non plus. Vers dix heures et demie, j'entendis les voix étouffées de mes oncles qui rentraient dans la maison sans lumière. J'étais sûre qu'en voyant la porte de ma chambre fermée, ils décideraient de ne pas me déranger. Oncle Alex appela Tartuffe.

Dans le halo du réverbère, je vis Tartuffe lever la tête, et ses oreilles se redresser. Je retins ma respiration. Je ne voulais pas qu'ils me découvrent avant qu'il ne soit trop tard pour qu'ils puissent intervenir. Je chuchotai : « Chut. » Puis, comme j'avais souvent entendu oncle

Alex le faire, je lui parlai dans sa langue d'origine, avec le seul mot que je connaissais. « *Capisci ?* » Les appels cessèrent, oncle Alex avait dû aller se coucher en pensant que Tartuffe était avec moi, derrière la porte fermée de ma chambre.

— Tout va bien. Tout va bien, répétai-je en chuchotant.

Tartuffe remua la queue et posa sa tête entre ses deux pattes avant.

J'étais persuadée de ne pas avoir fermé l'œil de la nuit, mais j'en vins à la conclusion que j'avais dû dormir. Sinon, comment me serais-je souvenue d'avoir été réveillée par des voix masculines ? La première chose que je vis, ce fut Tartuffe qui se redressait d'un bond, en alerte, attendant les ordres pour aboyer ou pas. Je mis un doigt sur ma bouche, il s'assit, les oreilles en avant. Quel bon chien ! Comment Jake avait-il pu penser que ce serait un problème sans fin ? Il m'apportait du réconfort et de la compagnie.

Soulevant un coin de la bâche, je vis trois hommes de l'autre côté de la clôture, les bras posés dessus. Ils semblaient observer les tours. La brise matinale avait tourné, et leur conversation m'arriva par bouffées de son.

— ... jamais vu quelque chose comme ça...

— Pourquoi... veulent les faire tomber ?

— ... pas sûres...

— ... enlaidit le voisinage...

— ... je les trouve belles...

Ils sortirent des rouleaux de ruban jaune de l'arrière de leur camion, ouvrirent le portail de derrière et entrèrent dans le jardin. Ils commencèrent à dérouler le ruban d'un poteau à l'autre de la clôture. Cela ressemblait à LA SCÈNE DU CRIME que j'avais vue aux informations, à la télé. J'étais trop loin pour apercevoir ce qui était écrit, mais je pensai que ces hommes allaient commettre un crime et que toute banderole qui l'indiquerait conviendrait à merveille. (J'appris par la suite qu'il était marqué dessus ATTENTION.)

Tartuffe resta calme jusqu'à ce que le conducteur du camion entre dans le jardin. Là, il commença à aboyer. Tartuffe savait reconnaître un méchant quand il en voyait un. Il aboyait de plus en plus fort et de façon de plus en plus insistante. L'homme qui tenait le rouleau de plastique jaune commença à reculer. Une minute après, oncle Alex, pieds nus, en robe de chambre, apparut sur le perron. Oncle Morris, vêtu de la même façon, le suivait. Les cheveux de Morris étaient dressés comme une crête de coq. Les deux se protégeaient les yeux et cherchaient la raison des aboiements de Tartuffe.

Je ris de soulagement. Mon secret était découvert. Mon plan était en route.

— Coucou ! lançai-je.

— Qu'est-ce que tu fais là-haut, Margitkam ?

— Je prends possession de mon bien. La propriété tient en neuf points de la loi.

— Comment va Tartuffe ? demanda oncle Alex.

— Regarde par toi-même, il est resté avec moi toute la nuit.

Je fis signe à Tartuffe de se rapprocher du bord de la plateforme pour montrer à mon oncle à quel point il était en forme.

Le gros chauffeur du camion traversa tout le jardin et vint se planter devant mes oncles, au pied des marches. Il hurla à mon intention :

— Descendez immédiatement, jeune fille !

— Je ne peux pas.

— Ne me dites pas que vous ne pouvez pas.

— Regardez vous-même, je suis enchaînée ! lui criai-je en me mettant debout maladroitement, tendant la jambe pour qu'il voie la chaîne.

— Descendez immédiatement. Nous avons du travail à faire.

— Moi aussi.

— Et c'est quoi, jeune fille ?

— Vous arrêter.

— Ouh là, j'ai bien peur que vous ne puissiez pas. J'ai ici un arrêté de la mairie pour démolir ces tours.

— Et moi, j'en ai la propriété (la propriété tient en neuf points de la loi). Dès que vous toucherez à ces tours, vous entrerez dans une propriété privée.

Mes oncles se regardèrent en souriant, puis, avec une harmonie dont ils n'avaient jamais fait preuve auparavant, ils tombèrent dans les bras l'un de l'autre et éclatèrent de rire.

— Maintenant, nous devons aller travailler, dit oncle Morris.

Oncle Alex me demanda :

— As-tu quelque chose à manger, là-haut ?

— Oui.

— Et pour le déjeuner ?

— J'ai aussi.

— Bien. Nous repasserons par ici avant de partir pour la journée, au cas où tu aurais besoin de quelque chose.

Avec un geste de la main qui ressemblait à un salut, ils rentrèrent dans la maison.

Tartuffe aboya.


Une fois que le ruban fut posé sur toute la clôture, l'un des hommes planta de grands piquets en bois dans la terre le long du chemin qui séparait les jardins de roses et de poivrons de celui des tours. Un deuxième tendait le ruban jaune de poteau en poteau, et le troisième y accrochait des fanions rouges en forme de triangle. Ils n'avaient pas l'air pressé, et quand ils eurent fini de suspendre les drapeaux, ils se regroupèrent à l'autre bout du jardin. Ils croisèrent les bras sur leur poitrine et ne dirent rien, mais ils souriaient en examinant les tours et parlaient entre eux.

Le chef d'équipe, dont j'appris vite le prénom, Tony, retourna à son camion et prit un bloc-notes et une canette de Coca Cola sur son tableau de bord. Il revint vers la Tour Deux, ôta une page de son bloc-notes et l'agita en l'air.

— J'ai des papiers de la municipalité, lança-t-il.

— J'ai aussi des papiers, lui répondis-je, cherchant la chemise en plastique qui contenait la preuve de ce que j'avançais. Je suis propriétaire de ces tours, et je vous interdis de poser un pied dessus. Si vous essayez, je vous ferai arrêter pour intrusion.

Tony prit une bonne gorgée de son Coca, broya la canette d'une main et la jeta par terre.

— Ramassez ça, ou je vous fais arrêter pour dépôt de détritus ainsi que pour intrusion.

— Vous n'avez qu'à descendre pour m'obliger à le faire.

— Ah ! Bel essai.

Je tirai sur ma jambe attachée autant que la chaîne le permettait.

— Désolée, mais je vous l'ai déjà dit, je suis enchaînée.

— Qui êtes-vous au juste ?

— Je suis Margaret Rose, voici Tartuffe, et nous sommes ici chez nous, et pas vous.

— J'ai un ordre du tribunal.

Il prit une profonde inspiration.

— Ces tours vont tomber, jeune fille, juste après que vous descendiez.

— Désolée.

— Vous descendrez, jeune fille, même si nous devons monter là-haut avec une torche d'acétylène et brûler ce truc à votre jambe.

Il fit une pause et ajouta :

— Maintenant, pourquoi ne pas nous dire tout simplement où se trouve la clé et nous vous ferons descendre en une minute.

C'est sans doute le fait qu'il ait dit « si *nous* devons » et « *nous* dire tout simplement » qui m'a agacée. J'ai répondu :

— Je préfère ne pas.

Un rire étouffé me parvint de la direction des trois aides. Pour un homme affublé d'un dirigeable en guise d'estomac, Tony se retourna très vite, et les hommes s'arrangèrent pour lui tourner le dos aussi sec. Ils se mirent à réajuster des piquets qui n'avaient pas besoin de l'être et à tendre le ruban qui n'en avait pas besoin non plus. Tony décida de tenter une approche plus aimable.

— Qui vous a mise là-haut, jeune fille ? me demanda-t-il.

— J'y suis de mon plein gré.

— Et le chien ?

— Il s'est porté volontaire. En fait, il a insisté.

— Ah, ouais ? C'est ce qu'on va voir.

Il appela les trois hommes :

— Allez, les gars. Nous avons du travail ailleurs.

Il s'arrêta au portail pour me lancer :

— Je reviendrai.

— Ne vous pressez pas pour moi, lui lançai-je à mon tour.

Comme il s'apprêtait à partir, je l'entendis dire aux trois autres :

— Cette petite effrontée va me le payer.

Je vis l'un des trois hommes ramasser la canette de Coca et la jeter par-dessus la clôture de derrière. Je l'entendis tomber sur la plateforme du camion. L'homme qui l'avait lancée me regarda et me sourit en levant les pouces.

Pour de nombreuses raisons — dont l'urgence d'assouvir certaines fonctions vitales n'était pas la moindre — je fus heureuse de les voir partir. Je baissai le morceau de toile. Le seul côté ouvert était celui qui faisait face à la maison. J'essayai de faire comme si j'étais assise sur un siège normal quand Tartuffe me rejoignit et s'assit en face de moi. J'en fus tellement gênée que l'appel matinal de la nature resta sans réponse. J'étais engourdie. Je ne pouvais rien faire.

— Bouge ! Va-t'en ! Allez, va-t'en ! le grondai-je.

Je savais que *capisci* ne signifiait pas ce que je voulais dire, mais c'était le seul mot que je connaissais dans sa langue maternelle, et il me sembla que c'était ça qui s'imposait. Une onomatopée.

— *Capisci* ! lançai-je, puis j'ajoutai : « *Capisco* ! » en insistant sur la deuxième syllabe.

Tartuffe ne bougea pas. Il continuait à me regarder. Je me répétai que Tartuffe n'était qu'un chien, qu'un chien, qu'un chien. Quand je me rendis enfin compte que, bien qu'il ne soit qu'un animal, il avait les mêmes besoins que moi, mes inquiétudes passèrent alors de moi à lui et je pus faire ce que j'avais à faire.

Mes oncles, maintenant habillés et prêts à partir travailler, vinrent dans le jardin et m'appelèrent. Je relevai la bâche et leur demandai comment je pouvais me débrouiller pour Tartuffe.

Oncle Alex répondit sans attendre :

— Laisse-le aller contre le poteau vertical. Ensuite, recule autant que tu peux. Je nettoierai avec le jet d'eau.

— Très simple, dis-je, soulagée. Merci.

Oncle Morris nous aida en ouvrant le robinet, puis en le refermant après qu'oncle Alex eut dirigé le jet avec soin à l'endroit exact où était allé Tartuffe.

Quand le camion de Tony revint, il traînait une caravane. Une voiture de pompiers le suivait, ainsi qu'une camionnette blanche de la SPA. Tartuffe allait être sauvé. Les animaux, semblait-il, avaient des droits qui outrepassaient les neuf points de la loi ; et c'est là que la prédiction de Jake selon laquelle Tartuffe allait *être un problème sans fin* se réalisa.

Les pompiers garèrent leur voiture devant le 19, place Schuyler et ils appuyèrent la grande échelle contre le devant de la maison. Un pompier et une personne de la SPA escaladèrent le toit, se hissèrent au moyen des traverses des tours jusqu'à ma plateforme, et attrapèrent Tartuffe qui aboyait et se débattait. Mais ils savaient s'y prendre avec les chiens furieux, et ses aboiements et ses coups de dents ne les dérangèrent pas plus que ça. Je criai, hurlai et leur dis qu'ils n'avaient pas le droit, mais ils ne firent même pas attention à moi. Ils ne m'adressèrent même pas la parole jusqu'à ce que je leur demande où ils allaient l'emmener, et ils me répondirent :

— À la fourrière municipale.

Ils le mirent dans le camion blanc et, les portières à peine fermées, je pus entendre Tartuffe pleurer. C'était désolant.

Tony entra dans le jardin et prit le tuyau d'arrosage qu'oncle Alex avait laissé par terre. Il demanda à l'un de ses assistants d'ouvrir le robinet.

— Au maximum ! commanda-t-il.

Le gars, celui qui avait levé les pouces dans ma direction, lui dit :

— Ce n'est pas une bonne idée, Tony. Tu vas la rendre glissante.

— Ouais, et puis je vais la tremper aussi. Fais ce que je dis, ouvre le robinet.

Le type s'éloigna. Jurant et maudissant contre moi et ses hommes, Tony se dirigea vers le robinet et le tourna. Il ajusta le jet et visa. Je rabattis la bâche, mais cela ne servit à rien. La force du jet d'eau la releva aussi facilement que les jupons d'une danseuse de flamenco.

Je ramassai la chemise en plastique qui contenait mes documents de propriété et les enveloppai dans mon imperméable. Je regardai mon corned beef, mes crackers et mes fruits secs se transformer en soupe, et mon Walkman, ma torche électrique et les trois livres de ma liste d'été : tout était fichu. Mais mes documents étaient au sec. En tournant le dos au jet, je réussis à ouvrir mon parasol. Je l'utilisai comme un bouclier, mais Tony s'arrangea pour diriger le jet de façon à ce qu'il arrive à l'intérieur du parapluie jusqu'à ce qu'il se retourne et ne me serve plus à rien. Puis il visa ma tête. Je fermai les yeux, j'essayai de me protéger le visage avec les bras, mais je perdis l'équilibre et tombai. Dans une position telle qu'avec ma jambe attachée et tordue derrière moi, je ne pouvais pas manœuvrer, alors je dus endurer le jet à pleine force en fermant les yeux et en protégeant mon visage du mieux que je le pouvais avec mes mains.

Tandis que j'essayais de ne pas me noyer, je ne vis ni n'entendis — comment aurais-je pu voir ou entendre quoi que ce soit dans de telles conditions ? — les pompiers qui entraient dans le jardin des Tours par l'allée. Et soudain, j'entendis :

— Mais, bon Dieu, qu'est-ce que vous êtes en train de faire ?

Et l'eau s'arrêta tout à coup.

Je crus juste l'espace d'un instant que j'étais sauvée, car le temps que le pompier atteigne le robinet, un autre avait grimpé sur la tour et se tenait derrière moi. J'étais toujours coincée là où j'étais tombée. Je ne pouvais pas le voir, mais je l'entendis dire :

— Restez calme, mademoiselle, je ne vais pas vous faire de mal.

Depuis ma position bizarre, je réussis à apercevoir un autre pompier se frayer un chemin à travers les traverses de la tour. Pas sûr que la plateforme supporte son poids en plus du mien. Il appela les hommes en dessous et leur demanda d'étendre un filet. Comme je ne le voyais toujours pas, j'entendis l'homme derrière moi dire :

— C'est bon. Ça tiendra.

Alors il bloqua gentiment mes bras derrière moi et attendit que l'autre atteigne les traverses juste en dessous de ma plateforme.

Il avait un jeu de clés. Une par une, il les essaya sur les menottes. Au quatrième essai, il réussit et lança à son équipe qui attendait au bas de l'échelle :

— Je l'ai !

Trempée et humiliée, je fus jetée sur l'épaule du pompier et descendue.

Tony me regarda avec satisfaction.

Les trois ouvriers, avec sympathie.

# 23

On m'emmena au centre de détention pour les jeunes dans une voiture de police, sans sirènes hurlantes ni gyrophares. On me livra à une grosse femme assise derrière un grand bureau au troisième étage. Elle avait un cou de taureau sur des épaules assez larges pour supporter des épaulettes aussi grandes que des spatules à biscuits. Elle sourit à mon approche. Contrairement à celui de Mme Kaplan, son sourire n'était pas étudié et englobait ses yeux, sa bouche, et les lignes du rire qui les rassemblaient. Elle souriait quand elle était amusée. De toute évidence, je l'amusais, ce qui ne me faisait pas rire du tout.

— N'ai-je pas droit à un coup de téléphone ? lui demandai-je.

Elle rit.

— Tu regardes beaucoup la télé ?

— Ce n'est pas une réponse, répliquai-je. Est-ce que je peux oui ou non passer un coup de fil ?

Elle fit glisser le téléphone sur son bureau.

— Je t'en prie.

— J'aimerais un peu d'intimité, lui précisai-je.

Elle regarda la pièce autour d'elle.

— C'est ce que je me dis, oh, facilement trois à quatre fois par jour. Désolée, mais c'est le seul téléphone disponible pour nos criminels.

— Je ne suis pas une criminelle. Je suis ici en garde préventive. Ils n'ont même pas mis les sirènes quand ils m'ont conduite ici.

Elle rit de nouveau.

— Cela pourrait justement être considéré comme criminel.

Elle montra le téléphone du menton.

— Compose le 9 pour avoir la ligne extérieure.

— J'ai déjà fait ça avant.

— As-tu aussi demandé des PCV pour les appels longue distance ?

— Oui. Mais qu'est-ce que je dois faire si on n'accepte pas les frais ?

— Alors, ma mignonne, tu raccroches et tu essayes quelqu'un d'autre.

À mon grand soulagement, Jake répondit au téléphone et, sans hésitation, accepta les frais.

— Je suis en prison, lançai-je.

— Qui est à l'appareil ?

— Je suis qui l'opératrice a dit que j'étais. Margaret
Rose Kane.

— Oh, cette Margaret Rose Kane, s'exclama-t-il en
riant nerveusement. Qu'est-ce qui s'est passé ?

Je lui racontai la SPA et le jet d'eau.

Il ne disait rien. Son silence à l'autre bout de la ligne
m'irrita.

— Je suis en prison ! répétai-je en hurlant.

— Ont-ils arrêté la démolition ?

— Vous ne m'avez pas entendue ? Je suis en prison !

Il ne comprenait vraiment rien.

— J'ai entendu.

— Je suis en prison et Tartuffe a été emmené à la
fourrière.

— Oui, mais, est-ce qu'ils ont stoppé la démolition ?

Vraiment, vraiment grave.

— Comment le saurais-je ? Je suis en garde préventive.

— Es-tu derrière les barreaux ?

— C'est tout comme. Je suis dans un bureau avec une
porte grise en métal toute moche équipée d'une minus-
cule fenêtre grillagée.

— Est-ce que tu peux faire quelque chose pour qu'ils
te gardent ce soir ?

— Comme quoi ?

— Oh, je ne sais pas, pleurer ou écrire des gros mots
sur les murs.

— Je pourrais écrire les pires mots qui soient, ils ne le remarqueraient même pas parce que... parce que... Jake, est-ce que vous m'écoutez ?

— Oui, j'écoute. Tu disais que... qu'est-ce que tu disais, déjà ?

— Je disais que je pourrais écrire les mots les plus grossiers du monde sur les murs, ils ne le remarqueraient même pas, parce *qu'ils y sont déjà inscrits*. Tous. En majuscules.

— D'accord, d'accord. Ce n'était peut-être pas une bonne idée. Mais écoute-moi, Margaret. Il faut qu'on les arrête au moins un jour de plus. Est-ce que tu m'écoutes ?

— Mieux que vous ne m'avez écoutée.

— Qu'est-ce que j'ai dit ?

— C'est quoi, Jake, un examen de compréhension ?

— Non, non, ce n'est pas un examen, mais ce qu'il faut faire. Il n'y a plus qu'un jour d'ici le week-end, et les employés de la ville ne travaillent jamais les fins de semaine. D'ici lundi, Loretta Bevilaqua et Peter Vanderwaal seront prêts.

— Et s'ils euthanasient Tartuffe ?

— Ah, oui, Tartuffe. Je t'avais dit que ce chien serait...

Il s'arrêta brusquement.

— Où sont tes oncles ?

— Au centre commercial. C'est le jour de la prise de la Bastille. Vous vous souvenez ?

— Il faut que je les appelle. Dès qu'ils auront appris où vous êtes, Tartuffe et toi, je sais qu'ils vous sauveront. C'est trop bête.

— Trop bête ? hurlai-je. Est-ce que vous venez de dire « trop bête » ?

— Oui, je crois qu'il vaut mieux que j'appelle tes oncles.

— C'est ça qui est trop bête.

— Oui. Tu es sûre que tu ne peux pas faire quelque chose pour qu'ils te gardent cette nuit ? J'ai des plans...

— Jacob ?

— Quoi encore ?

— Au revoir.

Et je raccrochai.

J'avais perdu le seul coup de téléphone auquel j'avais droit. Rien n'était résolu. Je ne savais pas si je pourrais sortir de prison, ni si Tartuffe pourrait sortir de la fourrière, ni si la démolition serait stoppée.

En pauvre adolescente retenue en garde préventive, je voyais mal comment mener à bien la Phase Un, et même s'il était un adulte avec carte de crédit et permis de conduire, mon co-conspirateur, Jacob Kaplan, ne m'aidait en rien.


Dès qu'il reçut le coup de fil de Jake, oncle Alex quitta le centre commercial et héla un taxi qui le conduisit à la fourrière municipale. Oncle Morris resta au centre le temps de joindre Denis le Tatoué et Helga la Digne de Confiance pour qu'ils viennent les remplacer à la fête de la Bastille. Puis il prit la voiture pour venir me secourir au centre de redressement du comté de Clarion.

La femme aux épaulettes se montra peu enthousiaste à l'idée de me relâcher et de me confier à oncle Morris. Elle voulait savoir pourquoi, s'il était mon tuteur, il avait pu être assez négligent pour me laisser me sauver de la maison et grimper sur la tour.

La tactique de négociation d'oncle Morris avec la femme aux épaulettes fut exactement à l'opposé de celle qu'oncle Alex avait adoptée avec Mme Kaplan. Il se fit humble. Il plissa le front, se tordit les mains, huila son accent hongrois, le faisant osciller entre la mayonnaise et la margarine tandis qu'il expliquait la situation. Il raconta qu'il avait dû partir travailler très tôt ce matin-là à cause de la fête de la Bastille au centre commercial, et que son frère n'avait pas mentionné que leur nièce était montée sur la tour lorsqu'il était parti.

Rien de ce qu'il disait n'était faux. Il *était* parti tôt au travail. Mais Alex aussi. Et, bien sûr, il n'avait pas été nécessaire à Alex de mentionner que j'étais sur la tour puisqu'il l'avait vu lui-même.

— Où sont les parents de l'enfant ?

— En mission en Amérique du Sud.

— Une mission en Amérique du Sud ?

— Oui. Ils sont partis au Pérou pour quatre semaines.

— Quel genre de mission ?

— Dans les Andes.

— Une mission de sauvetage ?

— Je suis certain que vous en entendrez parler dans les journaux à leur retour.

— Je vais vous laisser ramener l'enfant avec vous à la maison, monsieur Rose, mais vous devez me promettre de la surveiller.

— Je la surveillerai. Comme Mary Poppins.

— Je vous préviens : si je découvre que vous avez mis la vie de cette enfant en danger, il faudra aller en appel à la Cour suprême des États-Unis d'Amérique pour vous sortir de prison.

— Je promets que cela n'arrivera pas.

Elle poussa quelques papiers vers lui et lui indiqua qu'il devait les signer. Il dit :

— Merci. Merci beaucoup. *Köszönöm szépen.*

Elle répondit :

— *Nagyon szivesen.*

Ils échangèrent des sourires chargés de sous-entendus.

Oncle Morris en avait maintenant sauvé une. Oncle Alex aussi. Moi, j'avais la migraine.

# Retour au bungalow secret

# 24

Jake s'était inquiété sur tout le trajet du retour à Talequa. Plus tard, il me raconta qu'il s'était senti mal à l'aise de me laisser là-haut, aussi sèchement, toute seule sur la Tour Deux. Il s'en voulait de ne pas avoir prévu de plan de secours. Oncle Alex n'avait-il pas dit que tout le monde devrait avoir un plan B ? Il savait qu'il n'aurait pas dû partir sans en avoir un.

Il était tard quand il ouvrit la porte de son bungalow. Il trouva un Post-it sur sa cafetière. De sa mère. Le bungalow des Colibris avait besoin de nouvelles ampoules. Il regarda sa montre. Presque minuit, c'était toujours mercredi, son jour de repos. Mais l'heure d'éteindre les lumières pour les locataires des Colibris était largement dépassée, elles étaient donc déjà dans le noir. Elles verraient le jour bien avant d'avoir besoin d'ampoules. Il froissa la note et la jeta dans la corbeille à papier.

Il se prépara du café, s'assit dans son fauteuil et pensa aux tours. C'était étonnant l'importance qu'elles avaient prise pour lui. Il n'aurait même pas connu leur existence si sa mère n'avait pas téléphoné à oncle Alex ce fameux dimanche où j'avais préféré ne pas aller faire du bateau sur le lac.

## Ce fameux dimanche

Environ une heure après le départ du bus, Mme Kaplan arriva au bungalow des Étourneaux, avec un plat de biscuits et un pot de lait.

— Venez, Margaret, dit-elle. Venez vous asseoir ici, il faut que nous ayons une petite conversation.

Elle posa le plat de biscuits entre nous.

— Servez-vous.

Je pris un gâteau, dis merci, et en mangeai un morceau. Elle sourit et attendit que j'avale. Je pris un second morceau. Elle me laissa mâcher un peu avant de dire :

— Aujourd'hui, Margaret, nous avons appris que vous ne vouliez pas aller faire de la barque sur le lac.

J'approuvai d'un signe de tête.

— Ce qui a eu pour résultat, Margaret, de bloquer un bus entier de filles qui attendaient que vous preniez votre temps pour décider si vous préféreriez ou non y aller. Est-ce bien cela ?

— Pas tout à fait, répondis-je.

— Pouvez-vous nous dire ce que vous entendez par *pas tout à fait* ?

— Bien sûr.

Mme Kaplan attendit.

— Je n'ai pas retenu le bus pour faire mon choix. J'avais décidé hier soir. C'est Gloria qui a retenu le bus.

— Voyons, Margaret, vous n'allez pas nous faire croire que c'est Gloria qui aurait retenu un bus rempli de filles impatientes ? Gloria savait à quel point chacune d'entre elles avait envie d'aller faire de la barque sur le lac. Tout le monde, sauf vous, Margaret.

Je demandai :

— Est-ce que ce lait est pour moi, madame Kaplan ?

— Oui, me répondit-elle, me le tendant.

Il était chaud, et j'avais soif. Je fis quelques gloup gloup, avant de dire :

— C'est tellement meilleur que le lait en poudre que vous nous donnez à la cantine.

— Le lait en poudre se conserve mieux, dit Mme Kaplan.

— Et coûte beaucoup moins cher, ajoutai-je.

— Margaret ! s'indigna Mme Kaplan. Margaret ? répéta-t-elle plus doucement.

— Oui, madame Kaplan.

— Vous n'avez pas répondu à notre question.

— Je crains de ne pas avoir entendu de question, madame Kaplan. Est-ce que vous voudriez bien répéter, s'il vous plaît ?

— Vous saviez que tout le monde avait hâte d'aller faire de la barque ?

— Et ?

— Et vous saviez que Gloria devrait aller vous chercher au bungalow ?

— Et ?

— Alors pourquoi nous avancer que c'est Gloria qui a retenu le bus, et pas vous ?

— Parce que j'ai dit à Gloria hier soir que je n'irais pas faire de la barque sur le lac.

— Gloria n'aurait pas fait patienter le bus si vous le lui aviez dit. Elle est l'une de nos meilleures animatrices. Elle a autorité sur toutes les autres.

— Elle doit avoir une perte d'audition sélective. C'est une affection qui touche les personnes âgées.

— Gloria a vingt-deux ans. Elle ne pourrait même pas être votre mère.

— Alors elle doit avoir une *écoute* sélective.

Je marquai une pause.

— Ce matin, j'ai demandé à trois anciennes — et là je

comptai sur mes doigts –, Alicia Silver, Ashley Schwartz et Blair Patayani, de le lui rappeler.

— Et personne ne vous a entendue ?

— Il me semble.

— Vous voulez me faire croire que ces trois filles ont aussi une perte d'audition sélective ?

— Oui, ça doit être ça. Ou alors, je devrais comprendre que personne n'a rien dit à Gloria pour que je me fasse punir d'avoir retardé le bus. C'est encore plus difficile à croire qu'une perte d'audition sélective, n'est-ce pas, madame Kaplan ?

Mme Kaplan laissa tomber instantanément la question de qui avait retenu le bus. Elle poussa un énorme soupir avant de retrouver son sourire.

— Pourquoi, Margaret ? Pourquoi rejetez-vous tous nos efforts pour que nous devenions des amies ? me questionna-t-elle en atteignant ma main pour la couvrir des siennes.

Je la laissai faire, la regardai droit dans les yeux, et lâchai :

— Parce que vous détruisez mon image de moi.

Même si le petit entretien ne se termina pas exactement là, c'est là qu'il toucha le fond. C'est à ce moment-là qu'elle bondit du lit. Où les petits gâteaux furent réduits en miettes. Et c'est là qu'elle m'envoya voir Mme Starr pour la seconde fois.

Jake se souvenait à quel point sa mère avait été choquée et consternée après ce petit tête-à-tête. Elle était retournée à son bureau pour se remettre et relire de nouveau mon dossier, puis était allée le trouver.

Plus tôt, ce jour-là, à peu près au moment où la mère de Jake apportait ses petits gâteaux aux Étourneaux, la cuisinière avait appelé Jake à la cantine pour qu'il s'occupe de l'évier. Il n'avait eu besoin que d'un déboucheur et cela n'avait pris que quelques minutes. Quand il avait eu terminé, il avait aperçu le *New York Times* de dimanche sur la planche à découper de la cuisinière, et lui avait demandé si elle avait fini de le lire. Elle lui dit de le prendre. Ce qu'il fit. Il se versa une tasse de café et s'assit avec le journal. On ne proposait pas de café aux filles. Lui n'en buvait que lorsqu'elles étaient parties, et pas trop souvent parce qu'il aimait y mettre de la vraie crème, or le mieux que la cantine avait à offrir c'était du lait et, en poudre ou en bouteille, il était écrémé.

La cantine se trouvait à côté de l'infirmerie. Jake venait de s'asseoir, quand il entendit chanter :

— ... Dispersez ses ennemis / Faites-les tomber / Confondez leurs politiques...

Il jeta un œil dehors et il vit une tête brune dépassant juste du bas de la fenêtre, qui se dirigeait vers l'infirmerie. Surpris qu'une fille soit restée au camp, il se leva pour voir qui c'était. Il me reconnut, la demoiselle Bartleby.

Je chantais et me rendais en flânant à ma prochaine visite à l'infirmière Louise. Il sourit intérieurement en pensant : « Elle a dû préférer ne pas aller faire de la barque au lac. » Hors du cadre de la fenêtre et dans l'ombre, il me regarda marcher. Il entendit :

— ... Déjouez leurs tours de vauriens / Nous mettons nos espoirs en Vous / Dieu nous sauve tous !

Il m'observa jusqu'à ce que je disparaisse derrière la porte de l'infirmerie. Comme il se rasseyait avec son café et son journal, il se dit : « Comme c'est étrange ! Aucun campeur n'a jamais chanté ça auparavant. »

Il avait à peine parcouru les gros titres que sa mère entra dans la cantine, visiblement bouleversée. Avant de s'asseoir, elle s'écria :

— Jake, tu ne croiras pas ce que ta demoiselle Bartleby vient de nous dire.

— Nous dire ? Nous ? Maman ? Je suis Jake, tu te souviens. Je suis ton fils, ton fils unique. Singulier. Tu es ma mère. Mon unique mère. Singulière. Alors qui est ce nous, maman ?

Jake avoua qu'il ne savait pas ce qui l'avait poussé à choisir ce moment pour reprendre sa mère sur le fait qu'elle utilisait *nous* pour *moi* et pour *je*. Après tout, elle faisait cela depuis des années. C'était peut-être le timing : son dimanche matin avait été interrompu une première fois par la cuisinière, et maintenant par elle. Peut-être y avait-il quelque chose d'acide dans la chaleur de l'air estival. Peut-être (et c'est sans doute le plus probable) était-ce d'avoir entendu : « Que Dieu sauve notre Reine » qui en était la cause.

La remarque de Jake surprit sa mère alors qu'elle allait s'asseoir. Elle ne savait pas encore si elle devait se lever et s'en aller en soupirant ou se poser et en parler avec son fils. Jake décida pour elle. Il lui prit la main.

— Calme-toi, maman. Calme-toi simplement. Parlons-en. Dis-moi ce que t'a dit Bartleby.

Mme Kaplan s'assit.

Elle prit une petite gorgée de café et se confia :

— Quand je lui ai demandé pourquoi elle rejetait tous nos efforts pour devenir des amies, elle a répondu : « Parce que vous détruisez mon image de moi. »

— Qu'as-tu fait ?

— Je l'ai envoyée à Louise.

— L'infirmière Starr ?

Mme Kaplan reposa sa tasse, et approuva.

Jake pensait à moi, cette drôle de tête brune qui prenait la route de l'infirmerie en chantant. Quand l'image fut au point, les paroles de ma chanson se précisèrent aussi. Il fredonna un peu, et puis, moitié pour lui-même, il entonna le premier couplet, celui qu'il connaissait le mieux :

— Que Dieu sauve notre gracieuse Reine... Longue vie à notre noble Reine...

Quand il arriva à *Heureuse et glorieuse / Qu'elle règne longtemps sur nous*, il chantait fort. Puis il acheva le dernier vers : *Dieu sauve la Reine*, avec brio.

Réajustant son sourire comme un cosmétique, sa mère lui demanda :

— Qu'est-ce que tu viens de chanter ?

— « Que Dieu sauve la Reine ». Je chante vraiment si mal, pour que tu ne l'aies pas reconnue ? Cette demoiselle Kane-Bartleby la chantait à l'instant.

D'une voix forte, Jake reprit :

— Heureuse et glorieuse / Qu'elle règne longtemps sur nous / Dieu sauve la Reine !

Mme Kaplan était trop tracassée pour réfléchir à pourquoi ces paroles l'ennuyaient tellement. Au lieu de quoi elle porta son attention sur la chanteuse.

— Alors, siffla-t-elle, alors, notre mademoiselle Kane, mademoiselle Margaret Rose Kane chantait, n'est-ce pas ? Elle chantait alors que j'étais en train d'agoniser après ce qu'elle venait de me dire ?

— Agoniser ? Je n'appelle pas ça l'envoyer voir Louise Starr...

La tête de sa mère partit en arrière comme si elle avait été jetée par un lance-pierres. Son sourire avait disparu. Qu'est-ce qui se passait ? Jamais son fils ne lui avait parlé comme ça. Jamais. *Qui est ce nous, maman ?...* *Je n'appelle pas ça...* Elle se leva, assommée. Elle resta sur place, bouillant de rage, jusqu'à ce qu'elle retrouve assez de souffle pour répondre :

— Bien, Jacob, pour employer les termes de ta protégée, je veux que cet entretien se termine.

Et elle se rua hors de la cantine.

Jake la regarda s'éloigner et secoua la tête tristement. Il rouvrit le *New York Times*. Il jeta un œil sur les nouvelles — en parcourant les gros titres et les premiers paragraphes — et ne lut à fond que la rubrique Arts avant de se permettre d'ouvrir le magazine du dimanche et de commencer les mots croisés. Il n'avait pas encore sorti son crayon de sa poche quand Ashley Schwartz le trouva. Elle sourit avec bienveillance et, avec une voix aussi haut perchée qu'un sifflet pour chien, elle lui demanda s'il aimait regarder les images. Jake lui fit son sourire d'idiot et acquiesça.

Ashley lui annonça que Gloria voulait qu'il la suive. Jake ne réagit pas aussitôt. Il replia le journal et le reposa doucement. Elle lui dit qu'il valait mieux qu'il vienne tout de suite, parce qu'une des filles des Étourneaux avait eu un accident. De cette même voix aiguë, elle l'interrogea :

— Vous vous souvenez de la fille qui a mouillé son lit ?

Jake lui renvoya un regard étonné.

— La mouilleuse de lit ? répéta-t-elle. Elle a vomi par terre aux Étourneaux.

Là-dessus, elle mima la scène avec un haut-le-corps.

— VOMIR. PAR TERRE. ÉTOURNEAUX !

Jake replia de nouveau le journal, l'étudia, le reposa, hésita. La tentation de la rabrouer était forte, mais quelque chose lui dit que ce n'était pas le moment. Ashley pensait qu'il hésitait parce qu'il ne voulait pas se déplacer ou parce qu'il ne captait pas l'urgence. Elle se fâcha, en lui disant que ça commençait à sentir vraiment mauvais. Elle attendit qu'il se lève. Elle se pinça le nez et fit la grimace.

— Ça pue. Dégoûtant. Beurk. VOUS COMPRENDRE ?

Jake approuva, lentement.

— Gloria veut que ce soit nettoyé. MAINTENANT.

Elle commença à s'en aller, regarda en arrière, et vit que Jake n'avait pas encore bougé. Les mains sur les hanches, elle lui demanda s'il comprenait ce que voulait dire MAINTENANT. Jake lui fit un autre de ses sourires stupides et commença à traîner les pieds vers elle. Elle lui tourna le dos, lui dit de ne pas oublier son seau et sa serpillière et de se souvenir que c'était aux Étourneaux.

Jake prit son temps pour s'y rendre, et une fois qu'il y fut, il sentit de nouveau l'envie de « *déjouer leurs tours de vauriens* ». À la place, il se mit silencieusement à faire son travail de nettoyage et ne laissa pas ces chères anciennes deviner qu'il était remonté contre elles.

Là, alors qu'il regardait passer le café au travers du filtre, il pensa aux Étourneaux, et il pensa à moi. La proportion avait basculé : Margaret Rose, une ; Étourneaux, sept, car il venait de se rendre compte que Berkeley était devenue une des leurs. Il pensait à toutes les bêtises que les filles m'avaient collées sur le dos. Elles me devaient quelque chose, à moi, Bartleby.

Il pensa à l'erreur tactique de sa mère quand elle avait organisé la répartition des bungalows. Elle aussi devait quelque chose à Bartleby.

Et il pensa à Alex et Morris et aux tours. Il leur devait un plan de secours.

Et là, malgré les litres de café qu'il avait bus toute la journée, il s'endormit sans débrancher la cafetière électrique.

# 25

Le lendemain, Jake eut du mal à quitter son bungalow. Il savait que toutes les nouvelles de notre plan – bonnes ou mauvaises – arriveraient par téléphone. Il changea rapidement les ampoules aux Colibris et revint attendre que le téléphone sonne. Il souleva le récepteur pour être sûr qu'il y avait la tonalité, puis alla vider la poubelle à canettes dans la benne à ordures. Retourna au bungalow, attendit la sonnerie, vérifia encore la tonalité.

Il était tellement nerveux qu'il lui était difficile de supporter sa propre inefficacité.

Il se dépêcha de faire le reste de ses travaux ménagers, presque pris de vertige par l'angoisse de n'avoir pas été capable de mettre au point un plan de secours. On était jeudi, il devait descendre le conteneur en bas de la colline pour le ramassage, et il l'aurait fait s'il y avait eu un moyen d'emmener le téléphone avec lui. Mais le fil n'était pas assez long pour atteindre le bas de la colline, alors il préféra risquer la colère de sa mère plutôt que de rater l'appel. Il laissa les ordures dans le conteneur en espérant que ça n'attirerait pas des rats ou des ratons-laveurs enragés ou que ça ne déborderait pas avant qu'il puisse l'emporter.

## Tout le monde devrait toujours avoir un plan de secours

Toujours inquiet et mal à l'aise, Jake, l'esprit absent, prit ses pinceaux et commença à peindre sur une toile. C'est là qu'il eut l'idée. Ça lui vint tout d'un coup : quoi faire. Comment le faire. Et pourquoi cela marcherait. Il était prêt à sortir en courant de son bungalow et à mettre son plan à exécution quand il se souvint d'oncle Alex disant que les choses se passaient lorsqu'on n'était pas pressé.

Il attendrait. Le temps, c'était tout. Il se détendit.

Il mit sa radio sur une chaîne classique et continua à peindre sa toile, en affinant son plan et en pensant aux joies de la revanche.

Soudain, il y eut mon appel. Il s'attendait à ce que les nouvelles soient plutôt mauvaises, et elles l'étaient, mais d'une façon à laquelle il ne s'attendait pas. La première fois que je lui dis que j'étais en prison, il ne comprit même pas.

*Je suis en prison.*

*Qui est-ce ?*

*Je suis celle que l'opératrice a dit que je suis. Margaret Rose Kane.*

*Oh, cette Margaret Rose Kane.*

Il avait besoin de temps. Il avait désespérément besoin de temps s'il ne devait pas se presser, et si le timing de son plan de secours devait marcher. Il vérifia sa montre. Il restait encore trois heures de travail dans les bureaux, cet après-midi. Peter Vanderwaal était à l'heure du centre de l'Amérique, donc il lui restait une heure de plus pour l'appeler. Il posa son pinceau, prit le téléphone, et demanda les renseignements. Il fit trois appels avant d'avoir Peter. Puis Peter et lui discutèrent longuement, parce que Peter parlait toujours longuement. Quand il raccrocha, Jake se prépara une cafetière de café frais.

Et puis il attendit.

Dans l'obscurité d'avant l'aube — bien après l'extinction des feux et bien avant l'appel du matin pour la cantine — Jake fit irruption dans le bungalow des Étourneaux et alluma toutes les lumières. Il tapa dans ses mains et cria :

— Debout, debout, tout le monde, debout !

Les filles furent effrayées, c'était exactement ce qu'il espérait pour prendre l'avantage complet.

— Habillez-vous. Prenez de bonnes chaussures de randonnée, des chapeaux, et assez de crème solaire pour vous couvrir de la tête aux pieds.

Ashley fut la première à réagir.

— Qui êtes-vous ? demanda-t-elle.

Alicia demanda à son tour :

— Vous n'êtes pas Jake, n'est-ce pas ?

— Non, je suis son jumeau maudit, répondit Jake. Maintenant, faites ce que je vous dis pendant que je vais chercher des provisions.

— Des provisions pour quoi faire ?

— Pour le moment de la revanche.

— Je vais chez Mme Kaplan, annonça Ashley. Ceci n'est pas autorisé, et je vais le lui dire.

— Je ne ferais pas ça tout de suite, l'avertit Jake. Je pense que nous devrions avoir une petite discussion auparavant.

D'un air de défi, Ashley se dirigea vers la porte. Sans la toucher, mais avec un regard aussi convaincant que celui d'un Border Collie de Nouvelle-Zélande, Jake la ramena dans le rang des filles qui étaient toutes debout, maintenant, les bras croisés sur la poitrine, soudain conscientes qu'elles étaient en tenues de nuit en présence d'un adulte qui n'était pas un idiot. En gardant son ton de berger, Jake leur dit :

— Asseyez-vous !

Une à une, les filles s'assirent. Trois au bord d'un lit. Quatre sur celui qui lui faisait face. Jake se tenait entre les deux.

— Bien ! fit-il lorsqu'elles furent installées. Bien ! répéta-t-il. Maintenant, nous pouvons parler.

Il se tourna et regarda chacune des filles, au moins une fois. Puis il recommença.

— Commençons avec toi, dit-il en montrant Berkeley Sims. Oui, commençons avec Bouche de métal Berkeley Sims.

Une vague de gloussements partit du lit sur lequel Berkeley était assise, et déferla sur toute la longueur de l'autre lit. Rien de ce que Jake aurait pu faire ou dire n'aurait pu mieux les convaincre que ce Jake-là en savait plus, en avait vu plus, en avait plus entendu qu'elles ne pouvaient même l'imaginer.

— Dans quel camp étais-tu l'année dernière, mademoiselle Berkeley Sims ?

Sans attendre sa réponse, il lança :

— À Butterworth Cheerleading, c'est bien ça ?

Berkeley approuva.

— C'est là que tu as appris la blague du lit mouillé ?

Elle hocha de nouveau la tête.

— C'est ce que je pensais. C'est très populaire là-bas. Voyons voir si j'ai tout juste. Ça marche comme ça : deux filles remplissent des gobelets en papier avec de l'urine : la leur. Elles les posent par terre et s'en vont. Une troisième fille en prend un, un seul. L'autre est vidé dans les toilettes. Une fille fait le guet dehors (devant la porte). Une autre grimpe à l'échelle et se tient sur le dernier barreau. D'abord elle répand deux verres d'eau sur le matelas pour bien le mouiller, puis elle verse le gobelet d'urine par-dessus. On jette les gobelets dans le container à ordures de la cuisine. Donc il faut... laissez-moi voir.

Là, il fit semblant de compter sur ses doigts.

— Mais oui, il faut exactement sept filles pour organiser ça. Si on vous interrogeait, vous pourriez dire qu'aucune d'entre vous n'a fait pipi dans le lit de Margaret, et techniquement ce serait juste.

Les filles étaient sans voix.

— Alors, j'ai raison ? demanda-t-il.

Elles se turent.

— Répondez-moi, commanda-t-il. Est-ce comme ça que vous avez fait ?

Comme des oiseaux perchés sur un fil électrique, elles restaient immobiles.

— Est-ce comme ça que vous avez fait ? redemanda-t-il.

Elles acquiescèrent à l'unisson.

— Je pourrais sans doute dire qui a uriné dans les tasses et qui a grimpé à l'échelle, mais je ne le ferai pas. Ce qui est important, c'est que je sais qui a fait le guet devant la porte. C'était Berkeley. Elle n'a pas participé autrement qu'en surveillant et en jouant les maîtres d'œuvre.

Il s'adressa directement à elle.

— J'ai déjà vu ça, Berkeley. Il existe quelques variations mineures dans la procédure, mais en général, c'est une blague où les Butterworth Cheerleading excellent.

Il croisa ses bras, étudia le plafond un instant, puis baissa la tête.

— Bien, dit-il en récapitulant. Maintenant que nous avons éclairci ce petit incident, qui veut parler de plomberie ?

Les filles se regardèrent puis restèrent assises sans dire un mot, prêtes à écouter l'histoire suivante de Jake. Après tout, ça les concernait toutes.

S'adressant toujours à Berkeley, il demanda :

— Et l'année d'avant, c'était bien au camp de ski nautique de Pap Harris que tu étais ?

Berkeley fit oui.

— As-tu oublié de dire à 85 B, là, ajouta-t-il en regardant directement Kaitlin, qu'on ne devrait jamais boucher les tuyaux avec les T-shirts de la personne qu'on veut faire accuser ? C'est une preuve irréfutable qu'elle n'est pas coupable. Il y a une bien meilleure astuce pour déglinguer l'évacuation des douches, mais ce n'est pas aujourd'hui que je vais prendre le temps de vous l'expliquer.

Il sourit. Puis, regardant Stacey, il continua :

— Et toi, Poupée, tu ne devrais pas essayer de faire des sales coups tant que tu ne sais pas distinguer ta gauche de ta droite. Cela pourrait te poser de sérieux problèmes d'ici cinq ans, quand tu apprendras à conduire.

Kaitlin regarda Stacey.

— Nous nous étions toutes mises d'accord pour que ce soit la douche de gauche, tu te souviens ?

Stacey était furieuse.

— Ça dépend de là où tu te trouves. Si tu es dans la douche, c'était celle de droite.

Kaitlin fulminait.

— Tout le monde – sauf toi – avait compris que ce serait la douche qui se trouve à gauche quand tu es en face. Et pas quand tu es *dedans*.

— Bon, ça suffit maintenant, la coupa Jake. Voulez-vous que je devine dans quel casier se trouve le tournevis qui a servi à démonter la plaque d'écoulement ?

Il passait d'un visage à l'autre quand il vit Ashley sourire.

— Est-ce que cela pourrait être Tattoo ?

Ashley releva le menton en signe de défi.

— Je sais, je sais, mademoiselle Ashley Schwartz, le tournevis n'est pas vraiment à toi. Tu l'as emprunté. Je sais d'où il vient, et je sais où il est caché. Une fois que tu t'es débarrassée de Margaret Rose, tu n'étais pas si inquiète d'être prise avec le tournevis. Mais je voudrais le récupérer. Dès notre retour de mission, ce sera très bien.

Jake n'ajouta rien pendant un moment, pour laisser leur malaise monter. Il attendit jusqu'à ce que le rose du visage d'Ashley passe du rose au rouge pivoine.

— Bon, dit-il, si nous parlions de protection solaire ? Même si Berkeley a vainement essayé de me convaincre que c'était Margaret Rose qui avait vomi au pied de son lit, je sais que ça ne pouvait pas être elle. Elle se trouvait à l'infirmerie quand c'est arrivé à Heather. De plus, Heather — ou devrais-je dire Frangette ? —, je sais par expérience qu'il y a au moins une fille qui rentre malade d'une balade en barque. Alors j'espère que ton dos est guéri et que tu as retenu ta leçon, parce que la crème solaire sera une part importante de nos provisions.

Il les regarda l'une après l'autre.

— Maintenant, écoutez-moi bien. Vous aurez besoin de crème solaire, alors apportez-en un paquet. Et assurez-vous de porter des manches longues. Vous serez exposées aux éléments naturels. Souvenez-vous, de bonnes chaussures, des pantalons longs, des manches longues, des chapeaux et de la crème solaire. Je m'occuperai des provisions d'eau.

Ashley se leva et l'avertit :

— Je persiste à dire que vous n'avez pas le droit de faire ça. Ce n'est pas une activité autorisée.

— Je vais régler ça tout de suite, annonça Jake.

Ashley répondit :

— Et moi, je vais voir Mme Kaplan pour lui dire que vous voulez nous kidnapper.

Elle se retourna pour regarder Berkeley et lui lança :

— Tu ferais mieux de venir avec moi.

Berkeley lui rétorqua :

— Laisse tomber, Ashley. Tu l'as entendu. Nous irons là où il nous emmènera. Assieds-toi.

Ashley tenta encore sa chance :

— J'y vais. Même si je dois être toute seule.

Jake la rabroua :

— Tu ne vas nulle part, Tattoo.

— Si, j'y vais.

— Non, tu ne bouges pas. Parce que c'est moi-même qui vais aller voir Tillie dans un instant. Ne vous inquiétez pas, elle autorisera l'activité. Mais d'abord, je dois vous dire ce que vous allez faire et pourquoi vous me remercierez de vous avoir donné cette occasion.

Kaitlin demanda :

— Qu'est-ce qui peut bien nous obliger à accepter ce que vous nous demandez ?

Elle croisa les bras sur ses 85 B.

— Le fait que vous — toutes les Étourneaux — devez faire quelque chose *pour* Margaret Rose Kane au lieu de faire quelque chose *contre* elle. Et vous me serez reconnaissantes de vous donner cette chance de vous sentir bien avec vous-mêmes. Je crois que Berkeley m'en remercie déjà.

Le rougissement d'embarras qui s'était estompé du visage de Berkeley resurgit, et cette fois-ci c'était un rosissement de plaisir.

Ashley se rassit. Kaitlin se calma. Et elles écoutèrent toutes attentivement tandis que Jake leur montrait des photos des tours et leur expliquait son plan.

— Tenez-vous prêtes, dit-il en se dirigeant vers la porte.

Personne ne bougea. Il se retourna et vit les filles rivées à leurs lits.

— Habillez-vous ! commanda-t-il. Je serai de retour avec Tillie dans une demi-heure. N'oubliez pas, plein de crème solaire. Mais n'en mettez pas tout de suite. Nous avons une longue route. Je ne veux aucun coup de soleil ni vomissement ni avant, ni après, ni pendant.

Comme il fermait la porte du bungalow, il entendit une des filles dire :

— Tillie ? Il a appelé Mme Kaplan « Tillie » deux fois. Vous croyez qu'il est qui ?

Berkeley répondit :

— Son amoureux. Toutes les directrices de camp en ont un.

Mme Kaplan ne se laissa pas convaincre jusqu'au moment où Jake lui dit que si elle approuvait son plan, si elle le rendait officiel, elle aurait beaucoup moins de chances d'être poursuivie en justice par des parents furieux que si elle ne le faisait pas. Elle pouvait plier ou résister, mais de n'importe quelle façon, il continuerait.

Mme Kaplan regardait devant elle en plissant les lèvres. Elle jouait à un jeu de Vérité ou Conséquences avec elle-même. Si elle acceptait de rendre le voyage « officiel », elle aurait une chance de diriger les préparatifs et d'assurer la sécurité des filles, ainsi que sa bonne réputation.

— Pour le bien des filles, et comme un service à la communauté, je le ferai.

— Et avec tout le respect que je te dois, maman, ceci compensera un peu la misérable expérience que Margaret Rose a eue au camp de Talequa.

— Pourquoi as-tu choisi ce terme : *misérable* ?

Jake haussa les épaules.

— Ça me semble être le bon.

Pendant le voyage en car entre Talequa et Epiphany, Berkeley Sims quitta son siège, traversa le bus pour aller à l'avant, prit le micro qu'on utilisait pour les annonces, et commença à chanter.

« *Dieu sauve notre gracieuse Reine,*
*Longue vie à notre noble Reine,*
*Dieu sauve la Reine.* »

Elle n'était pas arrivée à la fin du premier couplet que tout le monde — sauf Tillie Kaplan et Jake, qui conduisait — l'avait rejointe. Quand ils s'arrêtèrent au 19 de la place Schuyler, tout le monde — tout le monde sauf Tillie Kaplan — était d'humeur très enjouée.

# Phase Un, Plan B,
# et Phases Deux et Trois

# 26

Bien que j'aie retrouvé mon lit de pur style provincial français, j'étais une fois de plus convaincue que je n'avais pas fermé l'œil lorsqu'un bruit de voix venu de l'extérieur me réveilla. Avant de sortir du lit pour enquêter sur ces voix, que je pris dans mon état de demi-sommeil pour celles des hommes qui revenaient, j'étudiai la rose inachevée sur le plafond de ma chambre. Je me demandai si Jake la finirait – ou essaierait seulement – si les tours n'étaient plus là pour l'intéresser.

Je regardai la pendule. Il était seulement six heures trente. J'imaginai que les ouvriers voulaient commencer tôt puisqu'ils n'avaient pas pu vraiment travailler la veille. Je balançai mes jambes hors du lit et tournai la tête d'un côté puis de l'autre pour détendre la courbature de mon cou. Les voix s'étaient calmées, à me demander si je les avais vraiment entendues... Je m'approchai donc de la fenêtre pour regarder dehors.

Et là, je vis une chose vraiment extraordinaire.

Alicia Silver, Blair Patayani, Ashley Schwartz, Kaitlin Lorenzo, Stacey Mouganis et Heather Featherstone descendaient du bus jaune du camp qui s'était arrêté devant le portail de derrière. Chacune échangea quelques mots avec Jake, puis se rendit à l'endroit des tours qu'il lui désignait du doigt. Berkeley Sims fut la dernière à passer le portail ; elle se dirigea vers la Tour Deux et, quelques secondes après, sa tête et ses épaules apparurent à ma fenêtre. Elle me vit, elle aussi. Elle sourit et me fit un signe de la main, et aussitôt ses épaules et sa tête disparurent de l'encadrement de la fenêtre, puis sa taille, son ventre, ses jambes et ses pieds défilèrent à peu près aussi vite. Elle passa ma plateforme et continua de grimper, et s'assit finalement sur la traverse la plus étroite, juste en dessous des cadrans de pendule et bien au-dessus du toit de la maison. Je dus ouvrir la fenêtre, me pencher et me tordre le cou pour la voir.

Je partis pour appeler mes oncles, mais je retournai vite à la fenêtre quand j'entendis le couinement de la porte du bus. J'eus du mal à en croire mes yeux. Qui descendait les marches du car ? Rien moins que Mme Tillie Kaplan en personne, propriétaire et directrice du camp de Talequa !

Elle alla à l'arrière du bus et en sortit deux packs de six bouteilles d'eau minérale. Même depuis la fenêtre de ma chambre, je reconnus la marque Évian. De l'eau chic ! De la part de Mme Kaplan !

Elle dit quelque chose à Jake que je n'entendis pas. Je vis Jake acquiescer, écouter, acquiescer encore, puis il me montra à sa mère et me fit un signe de la main. Je sautai en arrière, hors de sa vue, et appelai mes oncles. Ils furent à côté de moi en un claquement de doigts. Ils jetèrent un coup d'œil rapide avant de s'élancer dans les escaliers avec Tartuffe sur leurs talons.

Nous arrivâmes tous les trois sur le porche de service quand nous entendîmes Jake rugir :

— STOP ! PLUS UN PAS !

Nous nous arrêtâmes sur-le-champ.

Jake criait :

— Ne venez pas ici ! Le tribunal a publié une ordonnance. Vous n'avez pas le droit de venir ici. Ne prenez pas le risque. Si vous essayez d'empêcher la démolition maintenant, vous serez poursuivis pour outrage à la cour. Ne leur donnez pas une chance de vous arrêter.

Il s'interrompit, me sourit directement, et ajouta :

— Encore.

Mme Kaplan s'avança.

— Nous avons un plan, dit-elle.

Oncle Alex demanda :

— Nous ?

Mme Kaplan approuva, et fit un geste de la main en direction des filles assises sur les tours. Trois d'entre elles agitèrent les mains et m'accueillirent avec un grand « Salut, Margaret ! ».

Oncle Morris demanda à Mme Kaplan :

— Et, si je puis me permettre, qui êtes-vous au juste ?

— Je suis la directrice, répondit-elle.

— Directrice ? De quoi ?

Nous aurions tous pu répondre à la question, mais aucun d'entre nous n'en eut la possibilité, parce que nous entendîmes le portail de derrière s'ouvrir, alors Tony entra dans le jardin des Tours. Tartuffe, n'accordant aucune importance aux ordres du tribunal, se rua vers Tony, qui me cria :

— Mettez cet animal en laisse !

Je répondis :

— Je ne suis pas autorisée à poser un pied dans le jardin. C'est la loi.

Jake ajouta :

— Sûrement le bout de papier que vous avez à la main.

Tartuffe se rapprocha de Jake, s'arrêta brièvement, puis, avec les yeux et les oreilles en avant et la queue en l'air, il alla tranquillement au portail, où il leva la patte et pissa.

De leurs positions sur les Tours Un, Deux et Trois, les Étourneaux se mirent à rire. Tony regarda d'une tour à l'autre, se protégeant les yeux avec une main jusqu'à ce qu'il voie Berkeley perchée tout en haut de la Tour Deux.

Elle lui fit un signe de la main.

Il tourna sur lui-même et secoua le poing dans sa direction.

— Descendez immédiatement ! hurla-t-il.

Berkeley répondit :

— Je préfère ne pas.

Tony tourna encore sur lui-même, agitant son poing dans toutes les directions, et brailla :

— Toutes ! Petites effrontées ! Toutes, descendez immédiatement !

Et, en chœur, elles lancèrent :

— Nous préférons ne pas.

C'était comme si elles chantaient pour moi. Puis elles reprirent de plus belle :

— Nous préférons ne pas.

Et elles le répétèrent encore, et encore.

Et je comprenais ce *nous*. Et je l'aimais.

Les Étourneaux perchés dans les tours causèrent des heures de retard, et ces petites effrontées stoppèrent la démolition.

# 27

La veille, en fin d'après-midi, deux stations de télévision locales et l'*Epiphany Times* avaient été alertés par le fait que la démolition des tours du 19 de la place Schuyler dans la vieille ville serait arrêtée. Le journal envoya un reporter et un photographe pour couvrir l'événement le lendemain matin. L'équipe des *Nouvelles des témoins en direct* de la troisième chaîne envoya Holly Blackwell, leur toute dernière journaliste en vogue qui sentit là une opportunité de carrière.

Le vendredi, dès que le camion de la télévision apparut devant le 19, place Schuyler, la foule en fit autant. Personne ne savait d'où venaient les gens, car depuis que le Plan de réhabilitation extensif avait désigné la place Schuyler comme faisant partie de la vieille ville, les rues avaient été aussi tranquilles et dignes que la cour royale d'Angleterre. Mais les caméras de télévision trouvent les gens, ou les gens les trouvent. D'une façon ou d'une autre, la rue était remplie de jeunes et de vieux qui voulaient faire un signe à la caméra. D'autres se frayaient un chemin jusqu'au premier rang pour que Holly leur tende le micro sous le menton, et qu'ils puissent exprimer leurs très récentes mais très profondes opinions sur les tours et leur destin.

Quand on vit sur les moniteurs du studio de la cinquième chaîne que le camion de la troisième chaîne diffusait en même temps qu'il capturait l'histoire en cours, le directeur des programmes de *First News* envoya une unité mobile et deux reporters sur place.

Jake appela vite Peter Vanderwaal et lui suggéra de joindre Loretta Bevilaqua pour savoir si avec ses connexions new-yorkaises, elle ne pourrait pas se débrouiller pour que la couverture par les deux stations locales soit diffusée par au moins une chaîne nationale généraliste. Peter téléphona, et après lui avoir rappelé deux fois qu'elle, Loretta Bevilaqua, ne se chargeait pas des détails, elle promit de voir ce qu'elle pouvait faire.

Le vendredi toute la journée, et la nuit, jusqu'à ce que le soleil se lève le samedi, il n'y eut jamais moins de six Étourneaux perchées dans les tours, et jamais moins de deux caméras pointées sur elles.

Mme Kaplan voulait désespérément que cela s'arrête. Elle voulait ramener ses campeuses au camp. Elle avait besoin d'elles là-bas. Car le dimanche était le jour de visite, et elle était terrifiée à l'idée que les parents des Étourneaux viennent et que leurs filles n'y soient pas. Ni elle non plus.

Le samedi étant un jour assez calme sur le plan des nouvelles, l'histoire de l'occupation des tours monta en graine. Comme il ne se passait pas grand-chose ailleurs, et que la situation que vivait Epiphany était plutôt inédite — mêlant intérêt humain, protestation organisée, prise de pouvoir locale, art brut — cela donna aux médias nationaux du grain à moudre. Ils se déplacèrent.

Peter Vanderwaal se présenta comme une autorité — ce qu'il était certainement — dans le domaine des arts premiers, et il fut interviewé par l'un des présentateurs du week-end de la chaîne nationale. Il était assis à la vieille table de cuisine de mes oncles et montrait une pile de papiers dont il disait que c'étaient les lettres de soutien d'autorités artistiques, proches ou lointaines. Peu importait qu'à ce moment précis toutes les lettres aient en effet été écrites, mais que la moitié seulement aient été signées. Il agitait les papiers, faisait briller son sourire et le diamant de son oreille, et déclara :

— De l'université du comté de Clarion ici, à Epiphany, de New York à la Bibliothèque Huntington, aux Collections d'art et aux Jardins botaniques de Californie, ces tours sont considérées comme faisant partie du trésor national et comme un monument historique. Les qualifier de chef-d'œuvre de l'art brut serait peu dire.

Holly Blackwell voulait « la couverture complète », comme elle disait, aussi elle interviewa Mme Kaplan en long, en large et en travers. Elle lui demanda ce qu'elle considérait comme de sa responsabilité vis-à-vis de la sécurité des filles, par rapport à son engagement pour les tours.

Mme Kaplan répondit :

— La sécurité de nos filles du camp de Talequa est ce qu'il y a de plus important à nos yeux. Nous considérons que cette activité est une expérience d'apprentissage de type urbain hors cadre. En stoppant la destruction de l'un de nos trésors artistiques nationaux, cette excursion constitue également une expérience de la responsabilité sociale. Nous enseignons les deux au camp de Talequa, l'art et la responsabilité sociale. Avec le peu de moyens que nous avons à notre disposition, nous nous sommes dédiées à la sauvegarde de ces tours.

C'était une sacrée semaine pour les tours !

Le samedi soir, les gens de banlieue qui n'avaient jamais vu les tours, qui ignoraient jusque-là leur existence, avaient une opinion à leur sujet.

DÉFIER ET OCCUPER fut le gros titre du lendemain dans l'*Epiphany Times*. Et comme c'était un jour avec peu de nouvelles, le journal publia le texte complet de l'appel qu'oncle Alex avait fait au Conseil de la mairie.

Le magazine *People* envoya un photographe qui prit des images des filles dans les tours et dit à Mme Kaplan que le magazine sortirait l'histoire la semaine suivante sous le titre : ENGAGEMENT POUR L'ART EN EXTÉRIEUR ET EN HAUTEUR. Mme Kaplan posa au pied de la Tour Trois, avec deux des filles (Heather et Berkeley) bien visibles. Elle souriait à l'appareil ainsi qu'au photographe. Il n'y eut aucune photo de Jake, de moi ni de mes oncles.

CNBS, la chaîne nationale généraliste câblée, passa l'interview de Peter en boucle, de façon à ce qu'au moins toutes les deux heures il ait une couverture en *prime time*. Bien sûr, il était convaincant. Et adorable. Dans la semaine qui suivit, il reçut trois demandes en mariage et les demandes d'emploi de quatorze jeunes diplômés en histoire de l'art. Il était ravi de toute cette gloire et de cette chance, sauf des demandes en mariage. Ça le déprimait.

Toujours sur la brèche pour chercher le moyen de battre les chaînes nationales et pour continuer à entretenir le sujet, Holly Blackwell enquêta à la mairie afin de connaître les antécédents de l'histoire. Ses nombreuses tentatives pour joindre le maire restèrent sans succès. Il était en Caroline du Sud, à la Conférence nationale des maires au Hilton Country Club, et n'était pas joignable. Son porte-parole indiqua que le maire ne pourrait pas prendre de décision avant le lundi et que, bien entendu, la démolition n'aurait pas lieu avant son retour où il aurait l'occasion de réétudier les deux versants du problème.

Et ce délai suffit pour gagner du temps.

Mais aussi pour que les Étourneaux soient rentrées à Talequa pour le jour de visite.

Alors la Phase Deux s'acheva.

# 28

Les Phases Un et Deux – STOPPER et MONTRER –
ayant été accomplies, Loretta Bevilaqua sauva les tours,
exactement comme elle avait promis de le faire.

Infinitel les acheta.

**Quand les grands pontes d'Infinitel entendent
Bevilaqua, ils savent ce que cela veut dire.**

Loretta Bevilaqua savait que le prochain gros boom
dans le domaine des communications téléphoniques serait
les téléphones cellulaires sans fil. Les téléphones cellulaires sont de petites radios qui ont besoin pour fonc-
tionner de tours où l'on fixe les antennes qui répètent
les signaux de cellule en cellule, à travers une ville, un
État ou les océans.

Loretta Bevilaqua se doutait que de donner aux tours une fonction ne les rendrait pas plus populaires auprès des habitants de la vieille ville que lorsqu'elles étaient inutiles. Elle savait aussi que pour ses projets, les tours fonctionneraient mieux si elles étaient placées dans un lieu plus en hauteur que la vieille ville.

Sur sa recommandation, Infinitel les installa sur une colline qui s'élevait au-dessus du campus de l'université, et dont la société était propriétaire.

Et les grands pontes surent que l'argent ne pouvait pas acheter l'excellente publicité gratuite qu'Infinitel obtint de CNBS et du magazine *People*.

# 29

Oncle Morris m'emmena à l'aéroport pour retrouver mes parents de retour du Pérou.

Je ne les avais pas vus depuis un mois, et j'étais excitée. J'avais beaucoup de choses à leur raconter.

Ce soir-là, quand je descendis pour les rejoindre au salon avant le dîner, j'espérais les avoir tout à moi. Mais, assise près de mon père sur le divan, se trouvait une jeune femme qui avait été une étudiante de ma mère. Je regardai mon père, puis cette femme, puis ma mère, et je compris que nous ne serions plus jamais la famille que nous avions formée.

Je compris alors pourquoi mes parents avaient choisi d'aller au Pérou sans moi. Ils avaient besoin de temps sans moi. De temps pour voir s'il y avait assez d'amour entre eux, juste eux deux.

# Après la Phase Trois

# 30

Je n'ai jamais revu Mme Kaplan, ni aucune des Étourneaux non plus, à part Berkeley Sims. Berkeley s'est inscrite à l'université du comté de Clarion le même semestre que moi. On s'est vues occasionnellement — nous avons même déjeuné ensemble une ou deux fois — sans devenir vraiment amies. Après un semestre, elle a quitté la fac pour devenir masseuse-thérapeute. Il y a environ un an, elle m'a envoyé un numéro du magazine *People* qui la présentait comme la masseuse préférée de tous les premiers rôles masculins de cinéma d'Hollywood. Elle avait collé un Post-it sur la page et écrit : *Mes secondes quinze minutes de gloire !* J'ai gardé le magazine.

## Une femme américaine dans l'espace

J'ai conservé aussi un autre numéro du magazine *People*. Daté de la même année que celui que Berkeley m'avait envoyé. J'y avais jeté un œil en faisant la queue à la caisse d'un supermarché. J'avais acheté la revue avec mon jus de pamplemousse et un Boursin en voyant qu'il contenait un article où il était question d'une certaine Anastasia Mouganis, membre d'un groupe bénévole des employés de la NASA. À ce titre, elle répondait aux questions sur le site web de la NASA. La légende sous la photo indiquait :

« Mlle Mouganis rapporte que la question la plus fréquemment posée est : "Comment fait-on pour aller aux toilettes dans l'espace ?" À cette requête, elle répond de façon imagée en utilisant la poupée Bout de Chou pour montrer comment les astronautes doivent s'y prendre dans les WC pour compenser la gravité zéro. »

Et il y avait une photo d'Anastasia — alias Stacey, alias Poupée — qui montrait qu'elle avait finalement bien appris à distinguer sa gauche de sa droite.

**El Niño… au large des côtes du Pérou… a provoqué des catastrophes sur presque tous les continents… À son pic, l'inclinaison de la Terre s'est modifiée.**

Les conditions sur les côtes du Pérou ont peut-être fait bouger la Terre, mais elles n'ont pas pu modifier les relations entre mes parents.

## Le troisième lundi de janvier

Mon père a quitté notre maison et a déménagé. Il a épousé cette jeune femme, juste après que son divorce avec ma mère a été prononcé.

**Ma Bell s'est scindée et a donné naissance à plusieurs sociétés téléphoniques longue distance à bas prix.**

Infinitel a installé les tours dans un parc, au sommet d'une colline dominant l'université du comté de Clarion. Elles ne sont plus en zigzag, mais alignées les unes à côté des autres le long de la propriété, derrière une clôture métallique qui les encercle.

**La Commission fédérale des communications a autorisé... les tests de téléphonie cellulaire.**

Quatre ans après le déplacement des tours, il y avait plus d'un million de téléphones portables aux États-Unis et la demande ne faisait qu'augmenter.

Les investisseurs ont rapidement senti que les tours pouvaient devenir l'endroit idéal pour créer un nouveau quartier. La route principale qui mène tout en haut a été appelée route de la Colline des Tours. Des deux côtés de la colline, des constructeurs de maisons ont obtenu les permis pour dessiner des rues correspondant à un urbanisme de banlieue typique, avec des tournants et des culs-de-sac. L'une d'elles se nomme route du Cadran de la Tour, et la place Alexander, une toute petite rue de la taille d'un pâté de maisons, couvre la distance entre l'avenue Morris et le chemin Rose. C'est un voisinage agréable. Tout à fait chic.

Gwendolyn et Geoffrey Klinger ont gardé leur cabinet au 17, place Schuyler. Mais il y a sept ans, ayant eu un enfant, ils ont déménagé. Ils ont acheté une maison place Alexander. Trois des jeunes avocats de Hapgood, Hapgood & Martin ont également emménagé sur la Colline des Tours. Ainsi, ils vivent à côté des tours qu'ils voulaient faire démolir.

Comme les Klinger, quand mon père et cette femme ont eu un enfant, ils ont déménagé. Ils ont un fils, qui s'appelle Connor, et contre toute attente, je l'aime beaucoup. Ils habitent au 184, route de la Colline des Tours, dans l'ombre des tours que mon père qualifiait « d'inutiles » et de « superflues ».

Infinitel a engagé Jake comme conservateur officiel des tours. Il dit que ce job allie ses deux grands talents : le gardiennage et l'art. Jake se rend sur la Colline des Tours au moins une fois par saison, pour assurer l'entretien des peintures et des pendentifs.

Jake et Loretta Bevilaqua se sont mariés l'été qui a suivi le sauvetage des tours. J'ai pensé qu'il voulait tirer profit de son expérience de femme mûre, autoritaire et dénuée de sens de l'humour. La tentation est grande de penser à eux comme à M. et Mme Bevilaqua, parce que « pour les affaires, elle reste une Bevilaqua ». Jake peint dans un atelier à New York. Je ne l'ai jamais demandé, mais je suis sûre que c'est Loretta qui paye le loyer.

L'année dernière, il y a eu une rétrospective Jacob Kaplan au centre artistique de Sheboygan, le musée de Peter Vanderwaal. Je suis allée en avion dans le Wisconsin pour le vernissage. Loretta avait pris le temps de venir. Bien que j'aie maintenant à peu près l'âge de Jake à l'époque, les points de suture qui fermaient la blessure qu'il fit dans le cœur de mes douze ans se sont déliés et j'ai pleuré quand je l'ai vu avec elle. J'ai essayé d'apprécier

Loretta. Après tout, elle a vraiment sauvé les tours ; mais elle prend tellement d'air quand elle se trouve dans une pièce que j'ai retenu ma respiration.

Peter s'est fait percer deux trous de plus dans l'oreille gauche, triplant ainsi son éclat, et il prend du poids. Mais son embonpoint le rend encore deux fois plus adorable.

Le deuxième été après que les tours ont été déplacées, les oncles ont liquidé leur affaire de montres et de lunettes de soleil, et ont pris leur retraite de la Zone Temps. Oncle Alex a continué à tailler ses roses, et oncle Morris à s'occuper de ses poivrons, mais les deux tiers du jardin de derrière qui avait été le jardin des Tours sont restés vides : il y a du gazon, mais rien d'autre. Et là où se trouvait la barrière métallique, il y a des haies de troènes qui séparent le 19, place Schuyler de ses voisins du 17 et du 21.

Mes oncles ont vécu assez longtemps pour voir une nouvelle variété de roses roses grimper et s'enrouler le long de la barrière. Après avoir fermé la Zone Temps, oncle Alex emmenait Tartuffe en haut de la Colline des Tours pour sa promenade du soir. En été, quand les jours étaient longs et qu'il restait de la lumière après le dîner, oncle Morris les accompagnait. Leurs excentricités – le Borsalino, la chasse aux truffes, leurs perpétuelles chamailleries avec force gestes – étaient devenues célèbres et, au cours de certains dîners, des gens qui vivaient sur la Colline des Tours parlaient des frères Rose, qu'ils avaient aperçus. C'était à qui connaissait la meilleure histoire à leur sujet. Un résident de la route du Cadran de la Tour prétendait même qu'il avait vu l'un des deux faisant du jogging en survêtement. Mais tout le monde suspectait que cet affabulateur avait besoin de lunettes spéciales.

Quand Tartuffe est mort, avec l'autorisation spéciale de la ville et d'Infinitel, ses cendres ont été dispersées à l'intérieur des barrières, au pied des tours. Il n'a jamais trouvé de truffe.

Mes oncles sont morts à six mois d'intervalle l'un de l'autre. C'est Alex, le plus jeune, qui est parti le premier.

J'ai hérité de la maison du 19, place Schuyler. Comme la plupart des propriétaires de ces vieilles maisons, j'ai converti le salon et la salle à manger en bureaux et fait refaire l'électricité de toute la maison pour mon affaire de consultant en informatique. Comme les Klinger, j'ai modifié ma cuisine et ajouté une pièce et une terrasse à l'arrière, mais, contrairement à eux, je vis toujours là.

Je dors dans la petite chambre à l'étage, celle avec la « très distinguée, très élégante » chambre à coucher de pur style provincial français. Le blanc est maintenant aussi jaune que les dorures. Mais c'est la rose rose du plafond qui me garde ici. Dans un coin éloigné, près de la fenêtre qui donnait autrefois sur le jardin des Tours, il reste un morceau de quadrillage oublié qui est dessiné, et toujours pas peint. Jake m'a souvent proposé de le finir, mais je ne l'ai jamais laissé faire.

L'année qui a suivi le décès de mes oncles, le conseil municipal a fait poser une plaque sur le bas-côté de l'autoroute du comté, juste avant la sortie pour la route de la Colline des Tours. Le panneau explique que les tours ont été construites par Alexander et Morris Rose et qu'elles ont été déplacées de leur lieu d'origine, dans la vieille ville. Même si le texte de la plaque en bronze est long et écrit en petits caractères, la plupart des gens peuvent le lire et ce n'est pas parce qu'ils sont hypermétropes ou des lecteurs rapides, mais parce que la plupart des voitures ralentissent dès que les tours apparaissent.

De loin, elles déchirent le ciel comme de la dentelle d'acier. Il faut s'approcher d'elles pour en voir la couleur, enfin plein de couleurs : du sorbet à l'orange jusqu'au citron-citron vert. Plus personne ne peut — à part les ouvriers du téléphone — se tenir en dessous et observer la lumière toucher la surface bleue du tesson d'un vieux pot de Noxzema ou une pièce de cristal Daum ambré danser dans la lumière. Les tours se dressent contre le ciel, comme les symboles silencieux d'un nouveau quartier, jusqu'à ce qu'une brise vienne du quartier des vieilles maisons de la verrerie. Alors, elles chantent la chanson des témoins du passé.

Ainsi, l'histoire des tours n'est pas encore finie.

Mais il faut terminer de la raconter.

Ici.

Maintenant.

Dans la même collection

Gilly, grave amoureuse,
13 ans, presque 14...
de Claire Robertson

Les larmes de l'assassin
d'Anne-Laure Bondoux

Cherry, ses amis, ses amours, ses embrouilles
d'Echo Freer

Quand j'aurai 20 ans
de Jacques Delval

Ciel jaune
de Marie-Hélène Delval

Accroche-toi, Sam !
de Margaret Bechard

Mercredi mensonge
de Christian Grenier

Angel Mike
de Regine Beckmann

Planète Janet
de Dyan Sheldon

Fantômes d'Opéra
d'Alain Germain

Comment devenir maître
du monde en vingt-six leçons et demie
de Dan Gutman

**La marmite du diable**
d'Olivier Silloray

**Le secret de Chanda**
d'Allan Stratton

**La traversée de l'espoir**
de Waldtraut Lewin

**Le voyage scolaire**
de Mora Nilson-Brännström

**Planet Janet sur orbite**
de Dyan Sheldon

**Plus un mot**
de E. L. Konigsburg

**Lune indienne**
d'Antje Babendererde

**Après le voyage scolaire**
de Mora Nilson-Brännström

**Un passé si présent**
de Sally Warner

**Texto à la mer**
de Sue Mayfield

**Derrière l'écran**
de Pascal Garnier

*Cet ouvrage a été mis en pages
par DV Arts Graphiques à La Rochelle*

*Impression réalisée sur CAMERON par*

*La Flèche
en septembre 2008*

*pour le compte des Éditions Bayard*

*Imprimé en France*
N° d'impression : 48773